光文社文庫

文庫書下ろし／長編時代小説

別れの川

剣客船頭(十四)

稲葉　稔

KOBUNSHA

光　文　社

この作品は光文社文庫のために書下ろされました。

『別れの川』

目次

北
下谷金杉上町
日本堤
↑至寺島村・墨田村
向島
須崎村
下谷竜泉寺町
新吉原
今戸町
長命寺
山谷堀
三囲稲荷
根岸
下谷金杉町
今戸橋
竹屋之渡し
猿若町
東叡山寛永寺
浅草寺
東本願寺
下谷山崎町
源森橋
小梅村
源森川
本郷
中堂
雷門
浅草広小路
吾妻橋
竹町之渡し
業平橋
不忍池
三間町
黒船町
御蔵前
御蔵前通り
下谷長者町
御徒町
三味線堀
北割下水
御厩河岸之渡し
神田大明神
片町
御蔵前
御米蔵
明神下
本所
神田川
向柳原
佐久間町
新シ橋
大川
佐久間河岸
浅草御門
御竹蔵
御米蔵
南割下水
和泉橋
柳原通り
柳橋
浅草橋
両国広小路
亀戸村
両国橋
横山町
米沢町
回向院
二ツ目之橋
三ツ目之橋
鍛冶町
油堀
村松町
薬研堀
松井橋
竪川
一ツ目之橋
松井町
山城橋
常盤町
弥勒寺橋
南辻橋
神田橋
小伝馬町
栄橋
御船蔵
六間堀
五間堀
大横川
今川橋
大伝馬町
六間堀町
深川
高砂町
浜町堀
新乗物町
新大橋
常盤橋
木更津河岸
照降町
親父橋
猿子橋
深川元町
芝翫河岸
日本橋
小名木川
猿江橋
北町奉行所
大手門
川口橋
万年橋
高橋
海辺大工町
江戸橋
通町
海賊橋
日本橋川
永久橋
上之橋
深川
新場橋
坂本町
箱崎橋
海辺橋
山王御旅所
湊橋
仙台堀
永代橋
材木町
南町奉行所
越中橋
八丁堀
楓川
亀島橋
霊岸島
佐賀町
小川橋
松幡橋
弾正橋
中之橋
富岡八幡宮
京橋
八丁堀
木場
木挽町
石川島
越中島

主な登場人物

沢村伝次郎　元南町奉行所定町廻り同心。辻斬りをしていた肥前唐津藩士・津久間戒蔵に妻子を殺される。そのうえ、探索で起きた問題の責を負って自ら同心を辞め船頭になる。

千草　沢村伝次郎が足しげく通っている深川元町の一膳飯屋「めし　ちぐさ」の女将。伝次郎の「通い妻」。

音松　沢村伝次郎が同心時代に使っていた小者。いまは、深川佐賀町で女房と油屋を営んでいる。

お万　音松の女房で深川佐賀町の油屋を切り盛りしている。

松田久蔵　南町奉行所の定町廻り同心。沢村伝次郎と同心時代から懇意で、町方の探索も伝次郎に依頼することがある。

八兵衛　松田久蔵の小者。

貫太郎　松田久蔵の小者。

お幸　「めし　ちぐさ」の小女。

為七　千草の店の常連の畳職人。

政五郎　船宿「川政」の主。伝次郎が船頭になりたての頃から親しい。

仁三郎　船宿「川政」の船頭。伝次郎と懇意にしている。

左久次　船宿「川政」の船頭。

与市　船宿「川政」の船頭。

佐吉　船宿「川政」の船頭。

伊右衛門　茶問屋「松倉屋」の大旦那。

伊兵衛　茶問屋「松倉屋」の主。

弁造　茶問屋「松倉屋」の番頭。

剣客船頭㈣

別れの川

第一章　口止め料

一

小名木川《おなぎがわ》から横十間川《よこじっけんがわ》に入り、大島橋《おおしまばし》をくぐり抜けた猪牙舟《ちょきぶね》は、そのまま北上し、清水橋《しみず》をくぐって竪川《たてかわ》に出ると、進路を東に向けた。

まだ夜明け前で、東の空の縁《ふち》がうすい紅色に染まりはじめたばかりだった。

船頭の左久次《さくじ》は、すっと棹《さお》を水から抜くと、反対側に移した。棹を軽く押して、猪牙に推進力をつけてやると、ミズスマシのようにすうっと水面を滑るように進む。

川霧が出ている。それは行く手の川を乳色に包み、河岸道《かしみち》に這《は》い上った川霧はまるで生き物のように動いている。

左久次は素足に足半《あしなか》、股引《ももひき》、袷《あわせ》の着物を端折《はしょ》り、「川政」と染め抜かれた印半纏《しるしばんてん》を羽織っていた。風よけの頬被《ほっかむ》りをして菅笠《すげがさ》を被っていた。

「霧が濃いな」

それまで黙っていた客が、あきれたようにつぶやく。

「日が昇れば晴れますよ」

左久次は答えて、棹をさばく。水に浸《つ》かった棹先は、宙を移動するとき、透明なしずくをきらりと光らせながら川面《かわも》に落とした。

「それまで、まだ間《ま》があるだろう。早く来すぎたか……」

客は小さく舌打ちした。左久次はその客の背中を見た。川政《かわまさ》の近くにある茶問屋・松倉屋《まつくらや》の大旦那だった。伊右衛門《いえもん》という名で、すでに六十半ばだが、矍鑠《かくしゃく》としている。

大の趣味が釣りで、大物を釣りたいから、夜明け前に舟を出してくれと頼まれたのだった。それも半日の貸し切りである。もちろん上得意客だから、川政は断りはしないし、船頭には望外《ぼうがい》の酒手《さかて》をはずむのでも有名だった。

船頭たちは競って、伊右衛門を客にしたいと思っているが、そううまくはいかない。それは伊右衛門が、その日の気分で船頭を指名するからだった。

左久次は昨日指名を受けたとき、内心で「しめしめ」と、ほくそ笑んだくらいだ。朝がいくら早かろうが、客が伊右衛門ならいやがることはない。それに、左久次は妻帯して間もなく、女房に少しでも楽をさせてやりたいと仕事に精をだしている。

猪牙は中之郷出村《なかのごうでむら》に入った。左にあった町屋は途切れ、右手は百姓地だ。小名木川には船番所《ふなばんしょ》があるが、竪川にはそのような番所はなかった。

河岸道にぽつんと立つ柿の木があった。すっかり葉を落としきり、熟した柿の実が数個しがみついているが、それも鳥についばまれて醜くただれたようになっていた。

「大旦那、いったい何を狙おうってんです?」

「鯉《こい》だよ。化け物のように大きな鯉がいるっていうんだ」

伊右衛門は猪牙の進むずっと先に目を向けたまま答える。

「化け物のように……」

「そうだ。釣ってやりたいんだ。死ぬ前にどうしてもあげてやりたい」

伊右衛門は自慢の釣り竿を手にすると、すうっと竿先を空に向け、軽くしならせた。舟には同じような竿が三本置かれていた。その他に魚籠《びく》と撒き餌《まきえ》と、釣り鉤《ばり》につける蚯蚓《みみず》の餌《えさ》が置かれていた。

「中川《なかがわ》に出たら上ってくれ」

伊右衛門が持っていた釣り竿を舟床《ふなどこ》に戻しながらいった。

「へえ」

左久次はあくまでも舟をゆっくり進める。あたりは少しずつあかるくなってきたが、それでも霧におおわれていた。

中川に出ると、いわれたとおりに舟を遡上《そじょう》させた。伊右衛門が身を乗りだすようにして、前方に目を凝《こ》らす。寒いので褞袍《どてら》を羽織っていた。

左久次は気を利《き》かせ、伊右衛門のために手焙《てあぶ》りを舟に入れていた。ときどき伊右衛門はその手焙りに手をかざし、両手を揉《も》むように動かしていた。

「その辺だ」

伊右衛門にいわれた左久次は、川底に棹を突き立ててゆっくり舟を止めた。

「この辺でしょうか？」

「うむ、もう少しあっちの岸に寄ってくれ」

伊右衛門がそういったとき、向こう岸のほうから鋭い声が聞こえてきた。人を威《い》嚇《かく》するような声だ。

左久次はギョッとなって声のほうを見たが、濃い霧で人の姿は見えない。しかし、舟が岸辺に着けられているのがわかった。声はその舟の先にある川岸の藪《やぶ》から聞こえてきた。

「おぬし、ただではすまさぬ。覚悟しろ！」

憤怒《ふんぬ》に満ちた声が再び聞こえ、

「わたしは、まちがったことをいった覚えはありません」

別の声が聞こえてきた。

「ええい、屁理屈ばかりを……」

「斬るとおっしゃるなら、わたしとて黙ってはおりませぬ」

「黙れッ！」

それで声は途切れ、刀のぶつかり合う音が数度した。そして、霧の向こうに斬りあう影が見えた。影は四つ。三つの影が、ひとつの影に襲いかかっているのがわかった。

左久次はゴクッと生つばを呑《の》み込んだ。こりゃあとんでもないとこに来ちまった、そう内心で思いつつも、体が恐怖でかたまりそうだった。

「左久次、舟を返せ。見つかればどうなるかわからぬ」

伊右衛門が振り返っていった。

「へ、へえ」

左久次は慌《あわ》てて舟を反転させようとしたが、近くで怖ろしい斬り合いが行われているせいか、うまく棹をさばくことができずに手こずった。

「早くしろ。何をしてるんだい」

伊右衛門が強い低声《こごえ》で命じる。

左久次は必死に棹をさばいて、どうにか舟を返すことができたが、

「やッ、誰かいるぞ！」

という声が背後でした。ギョッとして左久次が振り返ると、さっき岸につけてあった舟に、誰かが乗り込んでこっちを見ていた。

そのとき、霧の向こうで絶叫があがった。誰かが斬られたのだ。左久次の心の臓がドキドキ高鳴っていた。膝がふるえそうだ。

「もっと急げ。捕まったらことだぞ」

伊右衛門に叱咤《しった》されるように急《せ》かされるが、左久次は慌てるばかりで、普段どおりに舟を進めることができない。

そうだ、櫓《ろ》だと気づいて、棹をしまい込んで、櫓を漕ぎだした。

ギイギイギイ……。

軋《きし》む音が川霧に吸い込まれてゆく。どこかで怪鳥《けちょう》のような甲高《かんだか》い声がしたと思ったら、それは土手道の枯れ枝に止まった百舌《もず》だった。

左久次は何度も背後を振り返ったが、追ってくる舟はなかった。どうにか人心地ついたのは、竪川から横十間川に入ってからだった。

「もう大丈夫でしょう」

左久次は息を切らしていったが、

「いや、とんでもないことになっちまった」

と、伊右衛門は表情をかためた能面顔を向けてきた。

「左久次、さっきのことは誰にもしゃべってはいけないよ。何も聞かなかった、何も見なかったことにするのだ」

「いいから何もかも忘れるのだ」

「……なぜです」

二

その日、左久次は仕事に身が入らなかった。

客に声をかけられても、ぼんやりしていてすぐには気づかず、

「商売っ気のねえ船頭だな」

と、いわれたこともある。

また、川政の船頭仲間にも冷やかされた。

「なんだ、大旦那は気が変わったのか。ずいぶん早く帰ってきたじゃねえか。するとお駄賃はもらえなかったな。そういう顔してらァ」

そういう相手に、左久次は苦笑いを返すだけだった。

仕事をしまい家に帰ったのは、六つ（午後六時）前だった。夏場とちがって、冬の日の暮れは早く、その頃はすっかり暗くなっていた。

「今日は疲れたんじゃないの。朝が早かったからね」

おかるが嬉《うれ》しそうな顔を向けてくる。一緒になって、まだ半年もたっていない。新婚ほやほやの夫婦だった。

「疲れてんだったら湯屋にでも行って来たらどう。その間にうまい酒の肴《さかな》をこしらえて待っているから」

おかるは台所と居間を行ったり来たりと、こまめに動きながら左久次に声をかける。

「湯はいいよ。汗なんてかいてねえし」

「そうね。今日は寒かったからね。それじゃ燗《かん》をつけましょうか」

「ああ、頼む」

左久次は印半纏を脱ぎ、褞袍《どてら》を羽織って丸火鉢にあたった。火箸《ひばし》で炭を整え、小さく立ち昇る赤い炎を見つめる。

伊右衛門は舟を降りる際、

――左久次、これはわたしの気持ちだ。受け取っておきなさい。だけど、これには口止め料も入っているからね。そう心得ておくんだよ。わかったね。頼むよ。

と、金をわたしながら、左久次の目を見つめて念を押した。

なぜ黙っていなきゃならないのか、よくわからなかった。だけど、左久次は伊右衛門との約束を守ろうと思った。世間にはそんなこともあるのだと思いもした。

しかし、時間がたつにつれて、朝の出来事が気になって仕方なくなった。いや、忘れようとしても忘れられないのだ。

あれは侍同士だった。そして、斬り合いをやっていたはずだ。

(きっと誰かが斬られている)

それは、口答えをしていた男にちがいなかった。急いで舟を反転させたときに聞いた絶叫が、頭の隅にこびりついていた。

大旦那は、あの侍たちのことを知っていたのだろうか？　知っていたから黙っていろといったのだろう。だけど、どうして自分は口止めされるのだ。自分には関わりのないことではないか。

左久次は早朝の、霧に包まれたあの川の様子を思い浮かべた。葭《よし》の茂みにつけられた一艘《そう》の舟があった。船宿の猪牙ではないと一目でわかった。

(あれは……)

どこの舟だったのだ。

ひょっとして大旦那は、あの舟に見覚えがあったのかもしれない。

伊右衛門は深川常盤町《ふかがわときわちょう》二丁目にある松倉屋という大きな茶問屋の大旦那だ。そして松倉屋は、遠江国《とおとうみ》浜松《はままつ》藩と掛川《かけがわ》藩の御用達《ごようたし》で、高橋界隈《たかばしかいわい》にある諸大名の屋敷からも重宝《ちょうほう》されている。

（もしやあの舟は、その大名家の……）

そこまで考えたときに、

「何ぼんやりしているの。はい、お酒」

といって、おかるが嬉しそうな笑みを向けてきた。

「ああ、すまねえ」

左久次が盃《さかずき》を持つと、おかるが酌をしてくれた。

「すぐに肴を持ってくるわ。あとでわたしも付き合っちゃおうかな」

うふっと、おかるはいたずらっぽく笑って首をすくめる。

左久次は二十六、おかるは二十歳だった。

台所に戻ったおかるの後ろ姿を、左久次は眺めた。小柄で色白で明るい女だった。

トントンと小気味よい音を立てながら、何かを切っている。丸味を帯びた尻のあたりが、小さく動いている。

（おかるにも話してはいけねえだろうか。おかるは女房だ）

そう思う左久次は、今朝のことを話したくてしようがない自分に気づいた。

「はい、お待たせ」

おかるが肴を運んできた。それはヤリイカの煮付けを刻んだものだった。醤油《しょうゆ》で甘辛く煮てあり、酒の肴にも飯のおかずにもよかった。

「どう、おいしい」

肴をつまんだ左久次に、おかるがふっくらした頬にえくぼを作って訊《たず》ねる。

「うん、うまい」

「何かおもしろくないことでもあったの。何だか変よ……」

「そんなこたァねえさ。あ、そうそう思いだした」

左久次は腹掛けの中に突っ込んでいた財布を急いで取りだして、膝許に金をばらまいた。

小粒（一分《ぶ》金）が二十枚ほどあった。

おかるは驚いたようにみはった目を膝許の金にむけ、そして左久次を見た。

「昨夜いっただろう。明日は松倉屋の大旦那を釣りに連れて行く。きっと酒手をはずんでくれるから、楽しみに待っていろって……」

「でも、こんなにもらったの」

「いつものことだ。だからうちの船頭は、あの大旦那から声をかけられるのを楽しみにしているんだ」

「左久次さん、悪いお金じゃないわよね」

「なんで、悪い金なもんか。あの大旦那の気持ちなんだよ。早くしまいな」

いってやると、おかるは金をかき集めにかかった。

その様子を眺めていた左久次は、やっぱり話そうと思った。

「おかる、じつはな……」

「なに」

金を集め終わったおかるが、真顔を向けてきた。

「その金には酒手も入っているが、大旦那からの口止め料も入っているんだ」

「口止め料……」

「いいか、何があっても誰にもしゃべっちゃならねえぜ。わかったな」

「あ、はい」

「ほんとだぜ」

「だから何よ……」

左久次は一度、閉まっている戸障子《としょうじ》を見てから、おかるに顔を戻した。

三

それは、三日後の夕暮れだった。

場所は八右衛門新田《はちえもんしんでん》、常陸国宍戸藩《ひたちししど》・松平家《まつだいら》抱屋敷《かかえ》裏に近い、用水路だった。横十間川を南へ下り、小名木川を過ぎたすぐ先から左に入ったところである。

水路といっても小さな小川で、土手にはすすきや葭が繁茂しており、猪牙舟がそこにもぐり込むようにあった。

しかも、そのそばには死体が浮いており、見つけた留吉《とめきち》という百姓は、慌てふためいて上大島町《かみおおしまちょう》の自身番《じしんばん》に飛び込んだ。

早速、自身番詰めの町役《まちやく》らが調べると、猪牙舟は川政という船宿のものだとわかった。知らせはすぐに川政へ飛んだ。

「なんだって、うちの舟が……」

上大島町の自身番から知らせに来た、松助《まつすけ》という店番から話を聞いたのは、川政の帳場横で茶を飲んでいた主《あるじ》の政五郎《まさごろう》だった。

「船頭も死んでいるって。そりゃほんとうか」

「嘘なんか知らせには来ませんよ」

「その船頭はいくつぐらいだ？」

「さ、まだわたしは見ていませんので、それは何とも……」

松助は小首をかしげ、とにかくたしかめに来てくれという。むろん行かないわけにはいかない。

政五郎は半纏を羽織ると、急いで舟着場におりた。ちょうど佐吉《さきち》という船頭が、猪牙を舫《もや》っていたところだったので、

「佐吉、うちの船頭かどうかわからねえが、死んでいるそうなんだ。急いでたしかめに行く、舟を出せ」

と命じた。

「えッ、そりゃどういうことで……」

「おれにもよくわからねえんだ。とにかくいま、上大島町の番屋から使いが来てそういうんだ。猪牙はうちのものに間ちげェねえらしい」

舟には刻印が打ってあり、船宿の名前も書かれている。

「いってえ誰の舟でしょう」

「わからねえ、とにかく急いで行くんだ」

佐吉が舫《もやい》をほどく先に、政五郎は舟に飛び乗った。そのまま腕を組んで、いったい誰の舟で、どの船頭だろうかと考えるが、見当がつかない。

川政には雇いの船頭が十人いる。やめる船頭もいるので、その年によって入れ替わりはあるが、おおむねその数で安定していた。

船頭らは朝早く、川政にやってくると、それぞれ仕度にかかり、仕事に出かけていく。夕方店に帰ってくるまでは、船頭らがどこでどんな客を乗せ、どこへ送ったかなどはわからない。

佐吉は巧みに棹をさばき、小名木川を東へ急がせる。その日は朝から木枯らしが吹き荒れていて、強い風にあおられる商家の葦簀《よしず》や、軒下の桶《おけ》が飛ばされていた。猪牙を操る佐吉は、頬被りをして足を踏ん張っていた。政五郎も襟《えり》巻《ま》きを首と顔に巻きつけていた。

日はもう沈みかけていて、茜《あかね》色に染まっている雲の縁が翳《かげ》りはじめていた。その下にある雲の流れが速い。穏やかな小名木川もさざ波を打っていた。

「佐吉、おめえには心あたりねえか。上大島町ならこの先だ。おめえとすれちがったやつはいなかったか？」

気が気でない政五郎は、佐吉に問いかける。

「あっしは新川《しんかわ》からの帰りでして、小名木川に入ったのはついさっきです。それに、昼からはうちの船頭にゃ会っていませんで……」

佐吉は棹を右舷《うげん》から左舷《さげん》に移していう。

船宿・川政から上大島町の自身番までは、直線距離にして約半里（約二キロ）である。政五郎と佐吉が自身番に着いたときには、もうすっかり日が暮れていた。

「川政の政五郎だ。うちの船頭と舟が、本当かね……」

政五郎は自身番に入るなり、居間にいた親方と呼ばれる書役《かきやく》を見て聞いた。町奉行所同心の姿は見られない。さっき知らせに来た松助という店番が、土間に立っているだけだった。

「舟には川政の名がありますからそうでしょう」

「見せてくれ」

舟はすぐそこです、といって松助が小名木川の河岸に案内した。佐吉が止めた舟の少し先に、数艘の舟と一緒に舫ってあった。

「親方、こりゃあ左久次の舟ですぜ」

舟をひと目見て佐吉がいった。

教えられるまでもなく、政五郎にもわかった。いやな胸騒ぎがして、「なぜだ?」という疑問が口をついて出た。

「船頭の死体は?」

政五郎は松助に聞いた。

「引き上げてます。町方《まちかた》の旦那が来るまでそのままにしておくべきなんでしょうが、日の暮れ前だったし、町方の旦那がすぐに来てくれるとは思えないんで、裏にあります」

「案内しろ」

松助の長ったらしい説明に、癇癪《かんしゃく》を起こしそうになった。ことは人の死、それも自分の雇っている船頭である。

自身番裏の暗がりに、筵《むしろ》掛けの死体が置かれていた。気を利かせて松助が提灯《ちょうちん》を持ってきて、死体を照らした。

「…………」

政五郎は死体の顔を見るなり、怒ったように口を引き結んだ。佐吉も衝撃を受けて、言葉をなくしていた。

「知っている人ですか？」

松助がおそるおそる聞いてきた。

「うちの船頭だ」

政五郎が短く答えると、

「なんで、おめえが……」

と、佐吉はつぶやいたとたん、「くッ……」と、短く嗚咽《おえつ》した。威勢はいいが涙もろい男なのだ。

「どうすりゃいい」

政五郎は困惑気味の顔を松助に向けた。

「身許《みもと》がわかったんで、あとは町方の旦那の調べを待たなければなりません」

当然のことをいわれた政五郎は、やるせなさそうに首を振って、太いため息をついた。

調べはおそらく明日になるだろう。そう思う政五郎は、星の浮かびあがった夜空をあおぎ見た。

四

川政の一階にある座敷には、船頭らが顔を揃《そろ》え、それぞれに話し込んでいた。もちろん、仲間の船頭の死を知ったからである。

「女房のおかるに知らせなきゃならねえが……」

政五郎は店に戻ると、わかっていることだけをみんなに伝えて、火鉢の前に座り込んでいた。すぐにおかるに知らせを走らせるべきだが、仲のいい夫婦だったし、夫婦になってまだ半年ほどしかたっていない。

亭主の死を知らせるのは酷だが、黙っているわけにはいかない。

「おい、誰かこっちに来い」

船頭らに声をかけると、船頭頭《がしら》の与市《よいち》がそばにやってきた。

「なにか……」

与市は普段から不機嫌そうな顔をしているが、いまは突然の哀しみを堪《こら》えるためか、怒ったような顔をしていた。

「おめえだったらいいだろう。女房にはおれから話す。左久次の家に行って、おかるを呼んできてくれ。左久次がどうなったか、それはおめえの口からいわなくてもいい」

「わかりやした」

与市はしんみりした顔のまま、川政を出ていった。それを見送った政五郎は、船頭たちを振り返って、

「みんな、ここにいても何がどうなるわけじゃねえ。明日は町方の調べが入る。それがすんでから通夜と葬式を考えなきゃならねえ。今夜は引きあげてくれるか」

船頭らは互いに顔を見合わせてから、三々五々《さんさんごご》店を出て行った。

「あんた」

声をかけてそばにやってきたのは、女房のおはるだった。でっぷり肥《こ》えた体を、膝をすって近づけてくる。

「おかるちゃん、大丈夫かしら……」

「そりゃあおれも気になることだが、どうしようもねえだろう」

「でも、なんでまた左久次がそんなことに……」

「そりゃおれにもわからねえことだ。番屋の調べじゃ、水に溺《おぼ》れたってことだが、そんなことがあるわけねえ。泳げねえ船頭なんていやしねえし、左久次だって泳ぎは得意だった。溺れるわけがねえ」

政五郎はがぶりと茶を飲んだ。

「おかるちゃんには子供がいるんですよ」

「なに……」

政五郎は驚いたようにおはるを見た。ほんとうかと聞く。

「もう三月《みつき》だろうって……」

「なんてこった」

そんな話をしていると、与市がおかるを連れて戻って来た。夕餉《ゆうげ》の仕度をしていたのだろう。前垂れをして、手拭《てぬぐ》いを姉さん被りにしたままだった。

「急ぎの用事ってなんでしょう？」

おかるは土間に立ったまま、政五郎とおはるを交互に眺めた。

「ま、こっちに来な。大事な話がある」

呼ばれたおかるは要領を得ない顔で、政五郎の前に座ると、慌てて頭に被っていた手拭いを取って、恥ずかしそうに微笑《ほほえ》んだ。笑うとえくぼのできる愛らしい顔をしている。

「他《ほか》でもねえ」

政五郎は空咳《からせき》をして間を取った。与市がおかるの後ろに、神妙な顔で座った。

「じつはな。今日の夕方、その、左久次が災難にあったようなんだ」

「災難……」

おかるの顔がにわかに強張《こわば》った。

「溺れたらしいんだ。いや、まだ詳しいことはわかっちゃいないが、その……死んじまったんだ」

おかるは目を見開いたまま、しばらくまばたきもせずに絶句した。

「う、嘘でしょ。ど、どうして、どうしてです」

「おれにも、よくわからねえんだ」

「あの人は、左久次さんはどこにいるんです？」

おかるは身を乗りだして、政五郎の膝に手を置いた。半分泣き顔になっている。

「おかる、いまは会えねえんだ。明日、町方の旦那の調べがある。会えるのはそのあとだ」

「いやーッ！」

おかるは悲鳴をあげたあとで、まくし立てた。

「そんなの信じられない。嘘に決まっている。親方、悪い冗談でしょう。わたしを担いでいるんでしょう。左久次さんが死ぬなんておかしいわ。今朝、あんなに元気な顔で出ていったばかりなんですよ。それが……」

うわ、うわーっと、おかるは泣きじゃくった。

おはるがそばにいって、肩や背中を撫《な》でさすりながら、懸命に宥《なだ》めはじめた。

政五郎は無言で与市と顔を見合わせ、おかるが落ち着くのを待った。

「わたし、信じない。左久次さんに会うまで信じない」

おかるが涙顔をあげてそんなことをいった。

「気持ちはよくわかる。まだ信じなくてもいいさ。つらいだろうが……」

途中で言葉を切った政五郎は、ちくしょう、と胸の内でつぶやくやいなや、両目から悔し涙を溢《あふ》れさせた。与市も下を向いて涙を堪えていた。

それを見たおはるも、おかるを抱いて泣きはじめた。

「おかる、しっかりするんだ。何があってもおれたちがついている。明日はずっとおまえのそばにいてやるから、気持ちを強く持つんだ。いいな、わかったな」

政五郎は涙を拭《ふ》いて、おかるにいい聞かせた。

「おかるちゃん、わたしもいるから、あんたはひとりじゃないんだよ。よかったら今夜はここに泊まっていくかい。遠慮することないよ」

おはるがやさしく話しかける。

おかるはぽろぽろと涙をこぼしながら、黙り込んでいたが、洟《はな》をすすりあげてから、おはると政五郎に涙目を向けた。

「わたし、家に帰って左久次さんを待ちます」

政五郎はその言葉に胸を打たれた。

亭主はもう生きて帰ってこないというのに、おかるは信じられないのだ。まだ生きていると信じたいのだ。

「わかった、それじゃ送って行こう」

五

翌朝早く、政五郎はおかるを連れて上大島町の自身番に入った。まだ、町方は来ておらず、宇兵衛《うへえ》という書役と粂次《くめじ》がいるだけだった。おはるもおかるのことが心配で、一緒についてきている。

「そろそろ旦那がやってくると思うんですが……。そちらの方が……」

宇兵衛がおかるを見てから、政五郎に視線を戻した。左久次の女房ですね、と目が問いかけていた。政五郎はうなずいてから、おかるにどうすると聞いた。

「……会います」

おかるは意を決した顔を、政五郎に向けた。

「それじゃ」

政五郎はそういって、自身番の裏にまわった。昨夜と同じように、死体には筵をかけてあった。立ち止まったおかるの肩を抱くように、おはるがそばについている。

「それじゃ仏さんのお顔を見てもらいましょう」

宇兵衛がそっと筵をめくると、青黒く変色した左久次の顔があらわれた。垣根越しの木漏《こも》れ日が、その顔に縞目《しまめ》を作っていた。

息を呑んでその死に顔を見たおかるは、大きく息を吸い込んでから、よろけるように死体のそばにいってしゃがみ込んだ。

「どうして……どうして……どうしてこうなっちゃったの、どうしてよ、どうしてよ！」

つぶやきはやがて哀しい叫びになった。

おかるは滂沱《ぼうだ》の涙を流しながら、左久次の額や頬をやさしく撫でた。

政五郎とおはるは、静かに見守っているしかない。

「旦那が見えました」

店番の松助が知らせに来たが、もうその背後に小者《こもの》を連れた同心が立っていた。

「南町《みなみまち》の松田《まつだ》久蔵《きゅうぞう》だ。仏はそれだな」

名乗った同心は、そういって左久次の死体のそばにしゃがみ込んだ。それから筵をめくり、仔細《しさい》に体を見ていった。

「おまえさんがこの仏の女房か……」

久蔵は遺体をあらためたあとで、泣きじゃくっているおかるを見た。おかるは小さくうなずく。

「若いな」

「まだ二十六でした。女房は二十歳です」

政五郎が答えた。

「おまえさんは……」

久蔵はどこかで見たようだな、という顔を政五郎に向けた。

「死体はあっしの船宿の船頭です」

「川政の政五郎……」

「へえ」

「体に刺し傷や斬り傷などはない。水を飲んでいるようだから水死だろう」

「それじゃ溺れたということですか」

「ま、そういうことになるだろう。とにかく詳しい話を聞かなければならぬ。親方、死体を見つけた百姓は呼んであるんだろうな」

久蔵は立ちあがって宇兵衛を見た。

「いま来ました」

「それじゃ中で聞こう。政五郎、おまえさんも来てくれ。それからおまえさんも……」

久蔵は政五郎に声をかけて、おかるを促した。

全員が自身番に入ると、久蔵は左久次の死体を見つけた留吉という百姓から詳しいことを聞いていった。それが終わると、おかると政五郎に、左久次のことを聞いた。

そのやり取りのすべてを、書役の宇兵衛が書き取り、口書《くちがき》を作った。手際よい調べはすぐにすみ、久蔵は留吉が左久次の死体と猪牙を見つけた場所に行って、その周辺の様子を入念に見てまわった。

猪牙は葭とすすきの藪に突っ込まれた形になっていて、左久次の死体は舳先《みよし》のほうに浮かんでいたそうだ。

「なんでこんなところに……」

ひと通りのことを調べ終えた久蔵は、政五郎が疑問に思っていることを口にした。

それから政五郎に顔を向けて、

「左久次は泳げない船頭だったというわけではなかろう」

と聞いた。

「とんでもありません。泳ぎのできない船頭なんて、江戸中探したっていませんよ」

「だろうな」

「それで何かわかりましたか？」

「いいや。誰かに殺《あや》められたのかもしれぬが、そういうわけでもなさそうだ。岸のあたりをよく見てみたが、足跡ひとつない。首を絞められた痕《あと》もないし……」

「それじゃどういうことで……」

そう訊ねる政五郎を、久蔵は静かに眺めた。

「足を滑らせ川に落ちた。そう考えるしかない。足を踏み外したのかどうかわからぬが、とにかく誤って落ち、慌てるあまり水を飲んで溺れてしまった。そういうことだと思うが……」

政五郎は納得いかないが、反論もできなかった。

猪牙舟に左久次の死体をのせると、みんなはそのまま川政に戻った。通夜と葬儀は川政の二階で執《と》り行うことにして、船宿は急遽《きゅうきょ》休みにした。

「可哀相《かわいそう》に、なんでこんなことになっちまったんだ」

遺体となった左久次の枕許に座った政五郎は、大きなため息をつくしかなかった。

六

「親方、あっしはどうも気にくわねえんです」

船頭頭の与市が政五郎に顔を向けてきた。

二人して舟着場の雁木《がんぎ》に座り、煙草《たばこ》を喫《の》んでいた。空は晴れ、冬場にはめずらしく暖かな日だった。

「何が気にくわないってんだ？」

「左久次のことですよ。あいつが溺れ死ぬなんて、そんなこと考えられねえです」

与市は煙管《キセル》を雁木の縁《へり》に軽く打ちつけて灰を落とした。

「この夏、あいつは目の前のそのあたりで、仕事が終わったあとドボンと飛び込んで抜き手を切って、泳いで見せたんです。器用なやつで、潜《もぐ》っては顔を出し、楽しそうに笑っていやした。そんなやつが溺れるなんて……」

「そりゃおれも納得がいかねえさ。だが、町方はよくよく調べて、溺れたんだと、それで片づけた。仕方ねえとあきらめるしかねえだろう」

「それにしても……」

与市は額に深いしわを寄せて、遠くを見て言葉をついだ。

「おかるが可哀相だ。まだ、若いっていうのに……」

「おかるもそうだが、不憫《ふびん》なのは腹ん中にいるやや子だ。父《てて》なし子になっちまうんだからな」

「そりゃほんとですか？」

与市が驚いた顔を振り向けてくる。

「三月になるらしい」

「なんてこった」

与市は手拭いで自分の膝をたたいた。

政五郎は舟着場から小名木川の東のほうに目を向けた。左久次が死んだ場所は、その方角にある。通夜と葬儀をしめやかに行い、野辺《のべ》送りが終わって二日たっていた。

「それで、おかるをうちで預かるって聞きやしたが……」

「ああ、預かることにした。女中仕事をやってもらおうと思ってな。うちもちょうど人手がほしかったし、おかるが子供を産んでも、うちには面倒を見てやる女もいる」

「親方は人が好《い》いねえ。ま、あっしはそんな親方に惚《ほ》れてんですが……」

与市は照れ臭そうな笑みを浮かべて政五郎を見た。

「何いってやがる」

「さ、仕事に行ってきやす。あんまり怠《なま》けてもいられませんからね」

与市はそういうと、腰をあげて自分の舟に乗って舫をほどきはじめた。政五郎はその様子をしばらく眺めて店に戻った。

「あ、旦那」

店に入るなり声をかけてきたのは、番頭の忠兵衛《ちゆうべえ》だった。政五郎のことを船頭らは「親方」と呼ぶが、他のものは「親方」といったり「旦那」と呼んだりする。

「なんだ」

政五郎は忠兵衛の座っている帳場横に行った。

「出銭《でせん》が多すぎます。帳簿をつけてわかったんですけどね」

忠兵衛は渋い顔を政五郎に向ける。

「左久次の通夜と葬式のことだったら大したことねえだろう。なんだったらおれの虎の子を充《あ》ててもいい」

左久次の葬儀一切の費用は、川政で持っていた。

「そういうことじゃありません。今年の春には舟を新調して入れ替えていますし、二階の客間も使い勝手がいいようにと改築しました。その金はどうにか工面《くめん》しましたが、大半は借金です。それも年の瀬には、利子を入れて払うことになっています」

「いくら残ってるんだ」

政五郎は忠兵衛の差しだす帳面をのぞき込んだ。

借金は毎月晦日《みそか》に返しているが、利子があるせいで返済額は借りたときとあまり変わっていなかった。

「三百両もあるのか……」

実際は三百三十八両ほどだった。

「舟を新調したのが大きいからです。かといって、舟は大事な商売道具だし、客の命を預かるものですから、仕方ないでしょうが……」

「待ってもらえないのか。暮れに半金、来年に半金という具合にしたらどうだ」

忠兵衛はあきれたようにため息をついた。

「やってはみますが、うちの信用もあります。きっと相手は納得しないでしょう」

「払えねえもんは、払えねえんだからな」

政五郎は低声になっていう。

「そんな開きなおったことをいっちゃ、やくざと同じですよ。とにかく何か手を打たなきゃなりません」

「いい考えでもあるか……」

こうなると番頭の忠兵衛が頼みである。政五郎は人使いのうまい商売人ではあるが、金の出し入れに大雑把《おおざっぱ》なところがある。川政を始めた当初は、そのことで女房のおはるに幾度となく苦言を呈されたが、苦手意識は抜けていなかった。

「船頭を減らすわけにはいかないでしょうから、他の雇い人を削るというのがひとつ。借りた金の六割か七割を暮れに払い、残りを来年の六月あたりに払う、そういう段取りをつけられればいいんですが、相手がそれを吞んでくれるかどうかです」

「そりゃあ、おまえさんの腕の見せ所じゃねえか」

「旦那は簡単におっしゃいますが……弱りましたねえ……」

忠兵衛はうすくなった頭を、手にしている筆の尻で引《ひ》っ掻《か》き、

「人を減らせば、少しはましになると思いますが……」

と、ぼやくようにいう。

「女中を減らせというのか……」

「それしかないと思うんです。他の使用人でもいいんですが……」

「うーん」

政五郎は腕を組んで考えた。川政は人件費だけで、毎月五十両は飛んでいく。その他の仕入れや家賃、町入用諸々《もろもろ》をあわせると、百両にはなる。傍目《はため》には儲《もう》かって羽振りよさそうに見えるかもしれないが、内実は火の車だった。

「人は減らせねえ。忠兵衛、借金の残りについて相談してくれ。こっちは払わないという肚《はら》じゃないんだ。おれは払うといったものはきっちり払う」

「そりゃわかっていますが……」

「一度掛け合ってくれ。ここであれこれ思案してもしようのねえことだろう」

「ま、そうですが……」

忠兵衛は弱り顔で眉毛を下げる。

「おまえさんが頼りだ。この店を潰《つぶ》されたら困るからな。頼んだぜ」

政五郎はそれで話は終わりだというように、忠兵衛の肩をぽんとたたいて立ちあがった。

七

小名木川に夕日の帯が走りはじめると、仕事に出ていた船頭たちがおいおい帰ってくる。舟着場で舟の手入れをする船頭らは、その日乗せた客の話をしたり、世間話にうつつをぬかしたりする。

河岸道には家路を急ぐ人の姿があり、商家はその日最後の書き入れとばかりに、店先に立つ小僧や女中が呼び込みの声をあげる。

高橋の上でその様子を見るともなしに眺めていた政五郎は、沈み込もうとする夕日に目をやって、

「金か……」

と、小さなつぶやきを漏らした。

その日忠兵衛にいわれた借金返済のことがあり、政五郎は自分なりに、頼れる知りあいに会って来たのだった。

だが、あいにくどこの台所も楽ではないらしく、色よい返事は聞けなかったし、

先に景気の悪い話を聞かされると、自分の悩みを打ち明けられずに帰ってくるしかなかった。

　暮れまでに三百両とはいわないが、せめて二百両の金が工面できればいいと考えているのだが、なかなか思うようにはいかない。

　やはり、忠兵衛を頼みにするしかないようだ。

　それ以上深く考えるのをやめて店に戻ると、

「おかるちゃんが見えてますよ。さっきから奥でお待ちです」

　女中のひとりが告げた。

「わかった」

　政五郎は帳場にあがったが、そこに忠兵衛の姿はなかった。奥のほうから小さな笑い声が聞こえてきた。おかるとおはるだとわかった。

　帳場横の暖簾《のれん》をはねのけて、居間をのぞくと、おかるとおはるが茶飲み話をしていた。

「あら、いまお帰り。おかるちゃんずっと待っていたんですよ」

　おはるが政五郎を見ていった。

　おかるは居住まいを正すと、丁寧《ていねい》に政五郎に頭を下げて、

「この度《たび》はいろいろとご面倒をおかけいたしました。お礼をしなければならないと思いましても、いまのわたしには何もできず心苦しいだけで、申しわけありません」

　と、畏《かしこ》まった挨拶《あいさつ》を述べた。

「なに、気にすることはねえさ。少しは落ち着いたかい」

　政五郎は腰をおろして、おかるを眺めた。

「はい、どうにか……」

「顔色もよくなった。泣き虫おかるが、元のおかるに戻ったようだ」

　軽口をたたくと、

「もう、いやだ親方。茶化さないでください」

　と、おかるは片手で政五郎をたたくような仕草をした。

「おかるちゃん、なんでもあんたに相談があるそうなの。それで待っていたんですよ」

　おはるがそういって立ちあがり、台所へ消えた。

「相談。どんな相談だい？　遠慮なくいってみな」

「その前に、ほんとにわたしを雇ってくださるんですか」

おかるはきらきらと澄んだ瞳を向けてくる。

政五郎は一瞬、忠兵衛にいわれたことを思いだした。

使用人を減らしたいということだ。

「ああ、おまえさんさえよければ、うちはいつでも大丈夫だ」

忠兵衛のことは無視して、請けあった。

「それじゃ、よろしくお願いします」

おかるは両手を畳につけて頭を下げた。

「それで相談てェのは、そのことかい？」

「いいえ」

おかるは首を振って、おはるのいる台所のほうを気にした。それと察した政五郎は、

「おい、茶はいらねえ。こっちはいいから二階の客を頼む」

といって、おかるに顔を戻した。

「じつは、左久次さんが死ぬ前に、わたし、ないしょの話を打ち明けられたんです。絶対人にいっちゃいけないっていわれたんですけど、野辺送りが終わってからそのことを思い出して、何だか気になって気になって……」

「どんなことだい」

政五郎は煙草盆を引き寄せて話を促した。

「あの人が死ぬ三日ほど前のことです。その日、あの人は松倉屋の大旦那を釣りに連れて行かなきゃならないといって、夜の明ける前に家を出たんです」

「そのことなら知ってる。大旦那には世話になっているからな」

「その大旦那さんに、口止め料だといって五両の金をもらってきたんです」

「口止め料……」

政五郎は煙管に刻みを詰めていた手を止めて、おかるに目を向けた。

「あの朝、左久次さんは大旦那さんを中川まで運んだそうなんですが、そこで大変なものを見たといいました。いえ、たしかには見えなかったけど、大事《おおごと》が起きていたんだと」

「どんな大事だというんだ」

おかるは左久次から聞いた話を、そっくりそのまま話した。

政五郎はその話を、煙管に火をつけるのも忘れて聞き入っていた。

「人が殺されたといったのか」

「多分、そうだといっていました。どこの誰なのかわかりませんけど、侍だったらしいのです。それで怖くなって舟を引き返したそうなんですが、ひとりの侍に見られたそうなんです」

「侍に……」

「左久次さんは、大旦那がその侍たちに心あたりがあるから、口止め料をくれたんだといっていました。そして、その翌《あく》る日にも大旦那さんから、昨日の手間賃だといって五両をもらっているんです」

「そりゃほんとうかい」

「ええ。だから、わたし……こんなことといっちゃいけないんでしょうけど、ひょっとすると左久次さんはその侍に殺されたんじゃないかと……」

「そうか……」

政五郎は火のついていない煙管を口にくわえて、宙の一点を凝視《ぎょうし》した。それから煙管を口から離して、おかるをまじまじと見た。

「いまの話、他にはしてねえな」

「はい」

おかるは神妙な顔でうなずいた。

「いまのこと、人にいっちゃいけねえぜ」

「どうするんです？」

「……わからねえ」

政五郎にはそう答えるしかなかった。とっさにどうしようと考えたわけでもないが、左久次は溺れ死んだのではないという、確信めいたものが心のうちにあった。

おかるはそれからしばらくして帰って行った。

「おかるちゃん、なんの相談だったんです？」

居間でぼんやりしていると、おはるがやって来た。

「たいしたことじゃない。うちではたらかせてもらっていいだろうかと、それが気になっていたようだ」

「それで何ていったんです？」

「明後日《あさって》からうちに来てもらうことにした。当面二階の座敷仕事をやってもらう。腹がふくれてきたら台所仕事を手伝わせりゃいいだろう」

「よかった。あの子は若くて気が利くから、きっと評判になりますよ」

おはるが頬をほころばせたとき、番頭の忠兵衛が顔をのぞかせた。

「旦那、大変です」

「なんだ？」

「松倉屋の大旦那が亡くなったそうです」

「なに……」

第二章　思わぬ依頼

一

今戸《いまど》橋をくぐり抜けて、山谷堀《さんやぼり》を出た猪牙舟は、隅田川《すみだがわ》にその姿をあらわした。舟を操る船頭は、沢村伝次郎《さわむらでんじろう》だった。いまは姓を名乗ることはなく、「伝次郎」が通称になっている。

もう間もなく日が暮れるだろう。赤くにじんでいた雲の縁が色褪《あ》せはじめている。昼間はそうでもなかったが、日の暮れ間近から風が冷たくなっていた。伝次郎は棹を舟の中にしまい、片手で櫓をつかんだ。

あとは川の流れにまかせて下るだけだ。上ってくる材木舟があった。空舟《からぶね》だが、引き潮なのでその足は鈍かった。四人の船頭がギッシギッシと櫓を漕いでいるが、川縁にしがみつくようにして上ってくる。

潮が引いているので、川中の寄《よ》り洲《す》が小さな島のようになっている。その砂の上に数羽の鳥がいた。

嘴《くちばし》と脚が赤く、背のほうは黒く腹のほうは白い。都鳥《みやこどり》だ。

眺めていると、嘴で小さな魚をくわえた。首を左右に振り、しっかり嘴で押さえると、その鳥はふわりと夕暮れの空に舞いあがって飛んでいった。

他の鳥もそれぞれに餌の小魚をくわえ取り、空に舞いあがって、いずこへともなく飛び去っていく。おそらく自分の巣にひなでもいるのだろう。

伝次郎はぶるっと肩を揺すり、印半纏を羽織りなおし、懐《ふところ》に入れていた襟巻きをまいた。

着物は袷《あわせ》だが、冬の川風は身にしみるほど冷たい。早い朝には足先の感覚がなくなるほどだ。それでも商売だから文句はいえない。

吾妻《あづま》橋をくぐり抜けると、川端沿いの町屋にぽつぽつと、赤いあかりが点《とも》りはじめた。夕方から商売をはじめる料理屋や居酒屋の軒行灯《のきあんどん》だ。

さっきまで紫紺《しこん》色をしていた空は、群青《ぐんじょう》色に変わりつつあった。

(今夜あたり千草《ちぐさ》の店に行ってみようか……)

二日ほど店に顔を出していない。

こんな日は熱い燗をキュッとやりたいと思う。そんなことを頭に浮かべるだけで、酒が恋しくなる。

櫓を動かして舟に勢いをつけてやる。流れに乗っていただけの舟足が急に速くなり、まわりの景色が後ろへ飛んでゆく。

御米蔵《おこめぐら》を過ぎ、大橋《おおはし》(両国橋《りょうごくばし》)をくぐり抜ける、舟の進路を変えて、竪川に乗り入れる。そこから先は棹を使って舟を操り、六間堀《ろっけんぼり》に入ると山城《やましろ》橋の舟着場に猪牙を舫った。

舟の手入れは昼間暇なときにすませていたので、そのまま雁木《がんぎ》をトントンと駆け上って河岸道に出た。すぐそばにある商番屋《あきないばんや》に、ぼうっとしたあかりが点っていた。

住まいはその商番屋を左に曲がった先、松井町《まついちょう》一丁目にあった。福之助店《ふくのすけだな》という長屋だ。路地に入ると、炊煙《すいえん》と竈《かまど》の煙が霧のように漂っていた。

どの家も表戸を閉めているが、笑い声や話し声が聞こえてくる。「船頭　伝次郎」と書かれた腰高障子を引き開けて、家の中に入ると、やっと今日もひと仕事終わったという感慨が込みあげてくるのか、小さな嘆息が漏れた。

手早く着替えて千草の店に行こうと思っていたが、その前に火鉢に炭を入れて、湯屋に行くことにした。酒もいいが、湯に浸かって体の芯から温めようと思ったのだ。

まだ夜は早い。桶と手拭いを持ってそのまま長屋を出て湯屋に行き、湯舟に体を沈めるとささやかな幸福感を覚えた。

火照《ほて》った体で家に戻ると、炭に火を入れそれにあたりながら、冷や酒を口に運んだ。煮干し三尾、あるいは梅干し一個で、酒二合《ごう》は楽しめる。

さて、一合の酒をあけると、もう外に出る気がしなくなった。

(千草、明日は顔を出すよ)

脳裏にキリッとした瓜実顔《うりざね》の千草を思い浮かべて、心中でいいわけをする。小さな店をひとりで切りまわしている千草とは、伝次郎が深川に移り住んでからの付き合いである。

まさか深い仲になるとは思わなかったが、いまや千草なしの暮らしは考えられない。そうはいっても、ひとつ屋根の下に住んでいるのではなく、ときどき千草が伝次郎の家に通ってきて世話を焼けば、逆に伝次郎が千草の家に泊まるといった具合である。

（そういえば……）

火鉢にあたりながらちびちびと酒を飲んでいて、気づいたことがあった。ここ三日ほど弁当が届けられなかった。

毎朝ではないが、千草は夜遅くまではたらいているにもかかわらず、朝の早い伝次郎のために弁当を作ってくれる。だから、伝次郎はその弁当を受け取るために、六間堀に架かる猿子《さるこ》橋のそばまで猪牙を下らせて待っている。

しばらく待って千草があらわれなければ、潔く弁当をあきらめて仕事に出るだけだ。

（何かあったのか……）

気になったが、三日弁当なしは今回にかぎったことではない。あの女だから大丈夫だろうと、気楽に考える。何かあれば、真っ先に駆けつけてくるのが千草だ。

そんなことや、仕事で乗せた客の話などを思い出しながら酒を飲んでいると、疲れた体に酔いがまわったらしく、睡魔に襲われた。

褞袍を被って横になると、そのまま寝入ったらしく、目が覚めたときには、すっかり夜が更けていた。

ハックションと、大きなくしゃみをすると、四つ（午後十時）を知らせる鐘の音が聞こえてきた。

「なんだ、もうこんな刻限か……」

独《ひと》り言をつぶやく伝次郎は、火鉢の五徳《ごとく》にかけている鉄瓶《てつびん》の湯を使って、茶漬けをかっ込み、奥の間に夜具を敷いて横になった。

船頭仕事は体力がものをいう重労働なので、寝付きはよすぎるほどだ。眠りに落ちるのは、いつもあっという間のことである。

ところが、寝入りそうになったとき、戸のたたかれる音がした。うっすらと目を開けると、「わたしです」という遠慮気味の声が聞こえてきた。

（千草……）

伝次郎は夜具を払いのけると、戸口に向かった。

二

「もう寝てたんですか？」

敷居をまたぐなり千草は、伝次郎を見ていった。

「いま横になろうとしていたところだ。早いではないか……」

伝次郎は戸を閉めて、心張り棒をかった。

「寒くなったせいか、今日は客が少なかったので早仕舞《はやじま》いしたんです」

千草は手荷物を置いて、包み込んだ両手に息を吹きかけ、

「余り物ですけど、明日の朝食べてください。なんだかんだと作り過ぎちゃった」

と、いいながら勝手知ったる我が家のように台所に立つ。

伝次郎は火鉢の前に座って、煙管に刻みを入れ、炭火を使って火をつけた。

「起こしちゃったんじゃないかしら。遠慮しないで、休んでいいですよ。わたしは勝手にやりますから」

千草が振り返っていう。

「せっかくだから相手をしよう。今日は店に顔を出そうと思ったんだが、湯屋に行ったら何だか億劫《おっくう》になってな」

「かまいませんよ。どうせ明日あたり見えると思っていましたから……」

千草はこまめに動き、酒の肴を盆にのせて持ってきた。

鰤《ぶり》と大根の煮物。店で温めてきたので、冷えてはいないはずだと千草が勧める。

「きんぴらと蕪《かぶ》の煮物もありますけど……」

千草は台所に戻って、それも温めようかという。

「そうだな」

「お燗つけますか」

千草はすっかり世話女房になっている。

伝次郎は苦笑を浮かべて、その後ろ姿を眺めた。このところ少し太ったようだ。尻のあたりに肉がついてまるくなっている。

「じつはお話があるんです」

千草は背を向けたままいう。

「話……」

伝次郎は運ばれてきたきんぴらを行儀悪く、指でつまんだ。

あっという間に、酒の肴が調《ととの》った。蕪の煮物といったが、里芋《さといも》と南瓜《かぼちゃ》も入っていた。甘辛煮である。きんぴらには唐辛子がぴりっと利いている。鰤は身が引き締まっていて、白い身がたっぷり詰まっていた。

千草は商売柄か寝る前に食事を摂《と》る。本人は控えたいらしいが、空《す》きっ腹ではやはり眠れないようだ。手際よく、冷や飯で小さな塩むすびも作った。

「できた、できた。さあ、やりましょう」

千草は両手を合わせて、ふっと小さなため息をつき、伝次郎に酌をする。

「何だかここは落ち着きます。越してきちゃおうかしら」

いたずらっぽく首をすくめる千草の頬に、あわい行灯のあかりがあたっている。薄化粧だが、きめの細かい肌は年より若く見える。

「おれはいつでもいいさ。でも……」

「はい」

くるっと目をまるくして千草が見てくる。店では見せない、伝次郎の前だけの表情だ。キリッとした涼しい顔で、愛嬌《あいきょう》も兼ね備えている千草には、江戸っ子特有の姐《あね》ご肌の部分もある。それは客あしらいのよさにつながっているようだ。

「いまさらそれをいうことはないだろう」

「……そうですね」

千草は盃を干して、手酌をした。伝次郎はこの家を借りるとき、千草と一緒になるつもりだった。だから、独り暮らしにはもったいない二間つづきの家だ。

しかし、二人は話し合って距離を置くことにした。一緒に暮らせば、いずれいわなくてもよいことをいい、気にしなくてよいことを気にするようになる。二人の関係を常に良好に保つのは難しくなる。

互いに連れあいを持っていた経験があるから、二人は一線を引いて付き合う道を選んだのだった。

「それで話があるといったが……」

「そうそう。じつは政五郎さんのことです」

「政五郎さん、何かあったのか？」

「昨日も、そして今日も見えていたんですけど、何か思い悩んでいらっしゃるようなんです。それに、伝次郎は今日も来なかったな、とどこか淋《さび》しげな顔をしておっしゃるの。あなたに会いたがってらっしゃるのよ」

「政五郎さんが……」

つぶやく伝次郎は政五郎の顔を思い浮かべた。船頭になったときから世話になっている骨のある男だ。船宿の主人だが、俠気《おとこぎ》のある頼れる人間だ。伝次郎はひそかに「兄貴」みたいな男だと、好意を寄せている。

「何かあったのかな……」

「さあ、それはわたしには……あまり変なことは聞けないし、何かあれば自分からいう男っぽい人でしょう」

「うむ」

「ただ、ちょっと耳にしたんですけど、雇いの若い船頭さんが亡くなったらしいの」

「誰だろう？」

「たしか、左久次さんといったかしら」

「左久次……」

川政の船頭なら知らない者はいない。左久次というのは、おそらくこの春頃、川政に入った船頭ではないだろうか。

あの小柄で愛想《あいそ》のいい若い船頭ではないかと思った。言葉を交わしたことはないが、舟ですれちがう際に気持ちよい挨拶をしてくる、あの船頭か……。

「なぜ、死んだんだろう？」

「溺れたらしいですわ」

「溺れた」

伝次郎は眉宇《びう》をひそめた。船頭が溺れ死ぬなんてめったにあることではない。嵐の中を無茶して舟を出したのならともかく、普段の日に舟から落ちるなんて考えられない。

「そのことで悩んでらっしゃるのかどうかわかりませんが、伝次郎さんに会いたがってらっしゃるのはたしかですよ」

「そうか、それじゃ明日、暇を見つけて訪ねてみるか」

伝次郎はゆっくり酒に口をつけた。

鳥のさえずりと、井戸端で話をする長屋のおかみ連中の声が聞こえてきた。路地には下駄の音。

三

伝次郎はゆっくり目を開けた。雨戸の隙間《すきま》からか弱い光の条《すじ》が畳に這っていた。隣にはすやすやと寝息を立てている千草がいる。伝次郎は起こさないようにゆっくり床を抜けると、小袖を羽織り、帯を締める。

厠《かわや》に行き井戸端で顔を洗っていると、喜八郎《きはちろう》という隠居老人が、寒くなってきたね、と気さくに話しかけてきた。吐く息が白かった。

「朝晩の冷え込みは、年寄りには応《こた》える」

そういって腰にぶら下げていた手拭いを肩にかけて、顔を洗いにかかった。

「喜八郎さんはまだまだ年じゃありませんよ。いつまでもお若い」

「お世辞でも嬉しいことをいってくれるね」

ハッハッハと、喜八郎は嬉しそうに笑う。

「今日も天気はよさそうです。だんだん暖かくなるでしょう」

「いい日になればいいね」

何気ない会話をして家に戻ると、千草が身繕《みづくろ》いをしているところだった。昨夜睦《むつ》み合った白い肌が、ちらりと見えた。まぶしい肌だ。

「あなた、ご飯食べていってください。お弁当、すぐ作りますから」

千草はそういって台所に立った。

伝次郎は火鉢の炭を熾《おこ》して、煙管を吹かす。朝日が腰高障子にあたり、うす暗かった土間がゆっくりあかるくなった。

（あなた、か……）

千草が自分をそう呼ぶようになったのはいつからだろうか、と伝次郎はぼんやり考えた。もちろん人前ではそんな呼び方はしない。二人のときだけだ。

（おれたちは世間に遠慮しながら生きているのか……）

そう思わずにいられない。二人の仲を知っているものは少ない。それは千草が店をやっている手前、公言していないからだ。店には千草目当てにやってくる客が少なくない。伝次郎と千草は、そのことを気にしているのだ。

とりとめのないことをぼんやり考えていると、千草が朝餉《あさげ》を調えてくれた。若布《わかめ》の味噌汁、昆布と油揚げの煮物、あとは飯である。伝次郎が飯を食べ終わる頃には弁当もできあがっていた。

「夜が遅いのに、ここに来れば、おれに付き合って早起きをしなければならねえな」

股引に袷の小袖を尻からげにし、印半纏を羽織った伝次郎は、仕度を手伝う千草を見る。

「全然苦になんかしてませんから、どうかご安心を……」

千草は微笑み返してくる。

(おまえは、いい女だ)

そう思わずにいられない。戸口の前で、千草が「行ってらっしゃいまし」と、切り火を切ってくれた。

冬場の夜明けは遅い。山城橋際の舟着場に着いても、朝日は昇りきっていなかった。それでも雲の切れ間から抜けてくる光の条が、六間堀の川霧を浮かびあがらせていた。

舫をほどき、舟梁《ふなばり》に腰をおろし、浮かびあがる霧を眺めた。

腰に提《さ》げた煙草入れを取り、煙管をつかみ、刻みを詰める。その指の太さに、いまさらながら気づいた。節くれ立った指はいつの間にか太くなっている。毎日のように棹を使うからだ。職人の手だ、と思った。それからゆらめく水面に映る自分の顔を眺めた。

頑丈な手で頬をさする。赤銅《しゃくどう》色に焼けた肌に、深いしわができていた。眉間《みけん》の横じわも深くなっている。伝次郎はぐいっと吊りあがった眉を、節くれ立った太い指でなぞった。

（強情そうな面構《つらがま》えだな）

自分のことながら、あきれたように思う。ふっと息を吐き、煙管をつかんだまま六間堀の先を眺めた。昨夜千草のいった一言が、心の隅に残っていた。

――何だかここは落ち着きます。越してきちゃおうかしら。

そういったあとで、照れ臭そうな笑みを浮かべた。おそらくその気があるはずだ。近場とはいえ離れて暮らすより、同じ屋根の下に住む頃合いかもしれない。二人で思い決めたことはあるが、もうそれは昔のことだ。

（千草、そうするか……）

伝次郎は心中でつぶやいた。煙草を吸おうと思ったがやめにして、そのまま煙管をしまい込み、棹をつかんだ。これは仕込棹《しこみざお》だった。中程から二つに割れ、一方には槍《やり》のような刃物が仕込まれている。必要のないものだが、何度か危険な目にあっているので、いざという場合の用心だった。

さらに、舟には隠し棚があり、雑巾《ぞうきん》や手桶などと一緒に、刀も仕舞えるようになっている。

足を踏ん張って艫《とも》に近い舟梁に立った。棹を右舷側に差し入れ、ゆっくり押す。隆《りゅう》とした腕の筋肉が盛りあがる。猪牙はすうっと、ミズスマシのように岸辺を離れ、六間堀を下りはじめた。

周囲の町があかるくなっていて、河岸道を行き交う人の数も増えている。商家の屋根越しにまぶしい朝日がすべり下りてきて、六間堀をきらきらと輝かせた。霧はすでにうすくなっていた。

伝次郎は客を拾う前に、高橋にある川政に舟を向けた。政五郎が何やら悩みを抱えているらしいと、千草がいった。勘のいい女だから、外れてはいないはずだ。

（政五郎さん、いったいどうしやした）

伝次郎は棹を右舷から左舷に移して、舟を進める。

四

「おはようございます」

伝次郎は雁木をあがり、川政の裏から店に入って声をかけた。

「あら、伝次郎さん」

振り返ったのはおしのという女中だった。帳場横で茶を飲んでいた船頭たちも振り返り、伝次郎に気づき挨拶してくる。

「寒くなったなァ。景気はどうだい？」

佐吉という船頭が声をかけてきた。相変わらずだと答えると、茶を飲めと勧める。

「ああ、ありがとうよ。政五郎さんはいるかい？」

「いるよ。いまそこにいたが……親方」

佐吉が声を張ると、表から政五郎が入ってきた。すぐに伝次郎に気づき、

「よお、朝っぱらからめずらしいな」

と、手拭いで手を拭きながら近づいてくる。

「なんでも若い船頭が死んだって聞いたんで……」

「ああ、左久次って船頭だ。思いもしねえことだから、滅入《めい》っちまったよ。ま、茶でも飲んで行きな」

そう勧める政五郎には、やはり普段の元気がなかった。

伝次郎は上がり框《かまち》に腰掛けて、佐吉から茶を受け取った。

「なんでも、溺れたって聞いたんですが……」

茶に口をつけて政五郎を見た。

「そうなんだ。……おかしなことだ」

「いったいどこで？」

「八右衛門新田だ。宍戸藩抱屋敷の裏に流れている水路があるだろう。あの辺だ」

伝次郎はその水路を思い浮かべた。

（松平大炊頭《おおいのかみ》の屋敷裏あたりか……）

「そんなに深い水路じゃないでしょ。流れもゆるやかだし……。調べはやったんですか？」

「南町の松田って旦那が調べた」

「松田さんが……」

伝次郎のかつての先輩同心だ。よく知っている男である。

「そうだ。で、ちょいと話があるんだが、暇はあるかい」

政五郎は真顔を向けてくる。

「おれのことなら遠慮はいりません」

伝次郎がそう答えると、政五郎はまわりのものたちをちらりと眺めて、

「ちょいと二階にあがってくれ。落ち着いて話してェんだ」

そういって腰をあげると、階段に足を向け、そのまま二階の客座敷にあがった。

伝次郎もあとをついていく。

「左久次にはおかるという女房がいてな。やや子が腹ん中にいるんだ」

日あたりのよい窓辺に座った政五郎は、開口一番にそう切り出した。

「仲のいい夫婦だった。おれと女房が仲人《なこうど》をして一緒になったんだが、まさかこんなことになるとは……」

政五郎は悔しそうに唇を噛《か》む。

「何か納得のいかないことでも……」

伝次郎が先読みをしていうと、政五郎がまっすぐ見てきた。

「おかるから妙な話を聞いたんだ。それがずっと引っかかっていてな。左久次は死ぬ三日前に、松倉屋の大旦那に頼まれて舟を出してる。大旦那の釣りの付き合いだ。朝早く出たんだが、行った先で妙なことが起こったらしい」

「妙とは……」

政五郎はおかるから聞いた話を、そっくりそのまま話した。

黙って耳を傾ける伝次郎は、話の流れから左久次はただの水死ではないと感じた。

「その話を松田さんには……」

「してねえ。その話をおかるから聞いたのは、左久次の野辺送りが終わったあとだ。町方の調べは終わっていたんで、あらためていうことじゃないだろうし、侍同士のいざこざに町方は関わらないだろう」

政五郎がいうように町奉行所は、武士の事件には介入しない。幕臣の事件なら目《め》付《つけ》が担当し、諸国の藩士の事件なら、その藩の目付が調べを進める。

「それに大旦那も死んじまった」

「松倉屋の大旦那ですね」

松倉屋伊右衛門と話したことはないが、深川でも三本の指に入る大きな茶問屋だ。たしか、浜松藩と掛川藩の御用達をやっていると聞いたことがある。

「その死に方も、考えてみりゃおかしいんだ」

「どういうことです？」

「仙台堀《せんだいぼり》に落ちて死んだんだ。おれはその二日前に大旦那を見てる。年は取っているが、ぴんぴんしてた。左久次の葬式にも来てくれたが、そのときも元気だった。それにあの大旦那は酒をやらねえ。それなのに、堀川に落ちて死んだってんだから……」

「そっちの調べは？」

「足を滑らして落ち、溺れたんだろうってことで片づけられたらしい。年も年だし、心の臓も弱っていたという。寒い晩だったから、川に落ちりゃ助かる見込みはねえ。そういうことだろう」

「体に傷とかそんなものは？」

「何にもねえさ。落ちるのを見たものものもいねえ。もっとも見てりゃすぐに助けただろうが……伝次郎」

「はい」

「おめえのことは小耳に挟んでいる。おめえが黙っているんで、余計なことはいわねえほうがいいと思っていたんだが、昔は町方だったらしいな」

いつまでも隠し通せることではないと思っていたが、やはり知られていたかという、軽い衝撃があった。

「昔のことです」

伝次郎は、政五郎が煙管をつかんだので、煙草盆を引き寄せてやった。

「無理にとはいわねえが、ちょいと調べてくれねえか。どうにも寝付きが悪いし、胸がもやもやしていて、すっきりしねえんだ。それに、もし人に殺められたんなら、左久次も松倉屋の大旦那も成仏《じょうぶつ》できねえんじゃないかと思うんだ。余計なことかもしれねえが、このままじゃ納得できねえんだ」

伝次郎は表を眺めた。町屋は高く昇った日の光に包まれている。窓下の小名木川も、あかるい日射《ひざ》しを照り返していた。

「わかりやした」

「やってくれるか」

政五郎が目を輝かせた。

「ですが、このことは他言無用ですぜ」

「わかってる」

五

川政の船頭たちは、伝次郎につぎつぎと声をかけて出かけていった。舟着場には伝次郎の猪牙と、近所の舟が数艘つながれているだけだった。

伝次郎は舟梁に腰かけて、煙草を喫んでいた。政五郎から聞いた話で、いくつか気になることがある。

ひとつは、松倉屋伊右衛門が口止め料を左久次にわたしていること。十両という大金である。

そして、釣り場に行って侍同士の争う声を聞いたということ。左久次はその侍の顔を見ていないが、伊右衛門はなにかに気づいている。そうでなければならない。

さらに、二人が水死したということである。左久次は泳ぎが達者だった。溺れ死ぬというのは考えにくい。もちろん冬場の水は冷たいので、心の臓が驚いて止まったのかもしれないが、それにしてもおかしい。伊右衛門は矍鑠《かくしやく》とした老人で、酒を飲まない。それなのに、誤って仙台堀に落ちている。

二人の死はなんとなく不自然だ。

（どうするか……）

伝次郎は煙管を舟縁に打ちつけて、雁首《がんくび》の灰を落とした。水に落ちた火玉が、ちゅんと音を立てた。

まずは、おかるから話を聞こうと思った。伝次郎は棹をつかむと、ゆっくり舟を出した。おかるの家は元石置場《もといしおきば》横の海辺大工町《うみべだいくちよう》にあるという。歩いても造作《ぞうさ》ない距離だが、使い慣れた舟で行くことにした。

高橋をくぐり抜けると、舟を小名木川の右に寄せて、元石置場の先につけた。河岸道にあがり、おかるの住む太兵衛店《たへえだな》を見つけて、路地に入った。稼ぎ手の男たちが出払った長屋は静かだ。

冬場なのでどこの家の戸も閉められたままである。路地口から四軒目に、「船頭左久次」と書かれた腰高障子があった。

「ごめん、誰かいるかい？」

声をかけると、すぐに戸が開かれた。

くりっと愛らしい目をした若い女があらわれた。

「船頭の伝次郎という。川政の政五郎さんに、いろいろ世話になっているものだ。おかるかい？」

「はい……」

「ちょいと聞きたいことがあるんだが、邪魔をしていいかい」

おかるは少し戸惑ったが、どうぞと家の中に促した。どこにでもある九尺二間《くしやくにけん》の間取りだった。柳行李《やなぎごうり》の上に左久次の位牌《いはい》があった。かすかに線香の匂いが漂っている。

「どんなことでしょう？」

おかるは警戒しているのか、少しかたい表情だ。

「左久次が松倉屋の大旦那と釣りに行ったときのことだ。おまえさんは、左久次からその話を聞いているな。いや、おれは政五郎さんから聞いたのだが……」

「はい」

「もう一度、そのことを詳しく聞かせてくれないか。じつは政五郎さんから、少し調べてくれないかと頼まれたんだ。どうにも左久次の死が、納得できないらしい」

「なぜ、伝次郎さんが？」

おかるは怪訝《けげん》そうな顔を向けてくる。伝次郎はどう答えようか少し迷ってから、

「おれは昔、町方の手先仕事をしていた。調べに来た松田久蔵という旦那のこともよく知っている」

と、あたりさわりのない返事をした。

「そうなんですか。あ、いまお茶を淹《い》れます」

「気遣《きづか》い無用だ。それより話を聞きたい。おまえさんも、左久次が溺れたとは思っていないのではないか？」

「……まあ、そうですね。いまでも死んだことが信じられないですから。でも、松田さまという旦那は、溺れたんだとおっしゃいました。左久次さんが死んだあたりをよくお調べになりましたけど、他に死ぬようなことは見つからなかったみたいで

おかるも、少なからず他殺を疑っているようだ。そんな口ぶりだった。

「左久次から聞いたことを教えてくれないか」

伝次郎が請うと、おかるは訥々《とつとつ》とした調子で話していった。おおまかに政五郎から聞いた話と同じだった。

「侍同士の争う声を聞いたが、その侍たちの顔も姿も見ていないのだな」

「舟を引き返したときに、その人たちの乗ってきた舟に誰か戻ってきたそうなんですけど、左久次さんは顔を見ていないようでした」

「すると、大旦那は見たのかもしれねえな」

「ひょっとするとそうかもしれません。だから、左久次さんに口止め料を渡したのかもしれないです」

「ふむ」

伝次郎は宙の一点に目を凝《こ》らした。

松倉屋伊右衛門は、彼らの乗った舟に戻った男を知っていたのかもしれない。もしくは舟の持ち主に心あたりがあったのか……。

しかし、いまはそのことをたしかめる術《すべ》はない。伊右衛門も死んでいるのだ。

「その釣りに行った場所は聞いていないか？」

「中川だと聞いただけです。どのあたりなのか詳しいことはわかりません」

「それじゃ、松倉屋の大旦那から何か聞いていないだろうか」

おかるは首を横に振っただけだった。

伝次郎はおかるの長屋を出ると、もう一度川政に戻った。船頭がいれば、伊右衛門のことを聞こうと思ったのだが、政五郎もどこかへ出かけていた。

（釣りか……）

舟に戻ってどうしたらよいかと考え、松倉屋を訪ねてみることにした。

松倉屋は深川常盤町二丁目にあった。隣近所の商家より、ひときわ立派な店で、間口も六、七間はある。

暖簾をくぐって帳場に座っている番頭に、

「つかぬことを訊ねるが、亡くなった大旦那の釣り場を知っているものはいないだろうか？　ときどき川政の船頭を雇って行っていた場所だ」

と、自分のことを名乗ってから聞いた。

「知っているものはいますが、なぜ、そんなことを？」

「物好きだと思われるかもしれないが、そこへ行ってみたいんだ。深い意味はない」

詳しく話すのが面倒なのでそう答えた。

番頭は帳場の奥に行って、すぐにひとりの男を連れて戻ってきた。梅次《うめじ》という手代《てだい》だった。

「わたしはときどき大旦那のお供をしていましたので、だいたいわかります」

「川政に左久次という船頭がいるな。先日、左久次を雇って朝早く釣りに行ってるんだが、その場所はわかるかい？」

「その日のことは知っています。じつはわたしも誘われたんですが、仕事を休めないのでお断りしましたから」

「その場所は？」

「わかりにくいんで地図を描きます」

梅次は気を利かせて、半紙に簡単な地図を描いた。

「ここに宝泉院《ほうぜんいん》という寺があるんですが、このあたりです」

梅次は描いた地図に丸をつけて、ここで大物の鯉が釣れるのだという。

「恩に着る」

地図を受け取って礼をいうと、

「ひょっとしてそこへ釣りに……」

と、梅次は好奇心の勝った顔を向けてきた。

「いや、そういうわけじゃねえ」

伝次郎は軽くいなして表に出た。

六

舟に戻って、梅次に描いてもらった地図をもう一度見なおした。伊右衛門が行った釣り場は、中川の東岸にある宝泉院の近くだ。西岸なら町奉行所の管轄地域だが、対岸だと代官支配になる。

もし、侍同士の争いが中川の対岸で行われていたのなら、町奉行所は介入できない。さらに、侍が浪人でなく主君を持つ武士なら、やはり同じである。

伊右衛門はその武士たちのことを知っていた。あるいは、彼らの使った舟を見て身許を知ったのかもしれない。

とにかくその場所に行こうと棹をつかんだとき、伝次郎という声がかかった。

「仁三郎《にさぶろう》……」

「なんだ、まだ仕事に出てねえのか」

仁三郎は静かに舟を近づけてくる。いまそこで客を降ろしたところだといって、脂《やに》で汚れた歯を見せた。

「これからだが、やることがあるんだ。そうだ、おまえは松倉屋の大旦那を乗せたことはあるか？」

「何度もあるさ。それにしても仙台堀に落ちて死ぬなんてな。人間どうなるかわからねえもんだ」

川政の船頭のなかでも向こう気の強い男だが、義理堅く信用のおける人情家だった。

「中川の釣り場に行ったことは……」

「あるよ。それがどうした？」

伝次郎は少し考えてから、懐に入れていた地図を取りだして見せた。

「ここには行ったことがあるか。この間、左久次が死ぬ前に大旦那と行った場所なんだが……」

仁三郎は地図を見てすぐに顔をあげた。

「大旦那が大物の鯉を狙っていた場所だ」

「悪いが案内してくれねえか」

「なんでまたそんなことを……」

「わけはあとで話す」

それじゃおれの舟で行こうと仁三郎がいうので、伝次郎はそっちに移った。

仁三郎はすぐに舟を出した。わけとは何だと、棹を立てながら聞いてくる。

「左久次が死んだことだ。松倉屋の大旦那も妙な死に方をしている」

「まったくだ」

「政五郎さんもそのことを気にかけていてな。おれに調べられないかというんだ」

「へえ、親方が……」

「町方の調べは終わっている。口書も出されて、一応の決着がついているから、町方に相談はできねえだろう」

「それでおめえが調べるってェのかい？」

「政五郎さんの頼みだ。断れねえだろう」

伝次郎は船頭になったときから政五郎になにかと世話になっている。舟着場も使わせてくれたし、相談事にも乗ってもらった。ひと肌脱がないわけにはいかない。

「ふーん、そういうことか。だが、まあおれたちも左久次が死んだことには納得いかねえものがあるんだ。それにしても可哀相なのは、残されたおかるだ。腹ん中には赤子がいるってェのに……。おっ、おれも何か手伝えることがあったらやるぜ」

伝次郎は艫に立つ仁三郎を見た。

「できることがあったら遠慮なくいってくれ」

仁三郎は真っ黒に日焼けした顔を緩《ゆる》める。

「ありがてえ。だが、このこと他の船頭にはいわないでくれ。知ってるのは、政五郎さんとおまえだけだ。妙な噂《うわさ》になるのは避けてェからな」

「わかった」

仁三郎は口の堅い男だ。信用はできる。

中川に出ると、仁三郎は櫓を使って舟を進めた。ギイギィと軋む音が川面を這ってゆく。川政の舟はみな新しくなっていた。この春、舟を入れ替えたのだ。

「このあたりだ。いつもこの辺に舟を止めて、大旦那は釣りをやっていた」

仁三郎が舟を岸につけていう。

宝泉院という寺がすぐそばにあるはずだが、その建物は見えない。ただ、高い銀杏《いちょう》の木と、こんもりした竹林が見える。おそらくそこが寺の境内《けいだい》なのだろう。川から一、二町《ちょう》離れているだろうか。

伝次郎は周囲の様子を眺めた。川岸には葭や枯れたすすきが繁茂している。葉を落としきった柿の木が一本あり、鳥たちについばまれた熟柿《じゅくし》が数個しがみついていた。

岸辺の藪に目を凝らす。舟をつけた形跡のある場所があった。

（あそこか……）

侍たちの舟は、そこにつけられたのかもしれない。藪が左右に押し分けられ、陸側に倒れた小木がある。

「仁三郎、そこに舟を突っ込んでくれ」

伝次郎が指さすと、おかしなことをいいやがるといいながら、仁三郎はいわれたとおりに舳先を川岸に向けて、それから横付けした。近くに巣でもあるのか、藪の中から数羽の鳥が羽音を立てて飛び去った。

伝次郎は舟を降りて藪をかきわけていった。仁三郎が何を調べるんだといいながらついてくる。

少し行ったところに、四畳半ほどの空間があった。足許の地面には葭とすすきが踏みしだかれている。伝次郎の目が一方の葭の葉に注がれた。近づいてよく見ると、染みがついている。血痕だ。そばの葭の葉にもそれは見られた。

「何してるんだ？」

仁三郎は要領を得ない顔で聞いてくる。伝次郎は答えずに地面に目を凝らした。

「ん……」

近くに櫨《はぜ》が一本植わっていて、その手前の地面が葭の葉やすすきでおおわれているところがあった。

伝次郎は棒きれを拾って、地面を引っ掻いた。すると掘り返された跡があった。棒きれでその地面を掻くように掘っていくと、白いものがあらわれた。

驚きの声を漏らしたのは仁三郎だった。

「ひッ」

「おい、伝次郎、そ、それは……」

死体があらわれたのだ。

伝次郎は死体をおおっている土を、棒きれで払いのけていった。薄く開いている両の目に光はなく、苦しそうにゆがんだ顔は土気色《つちけいろ》になっていた。死体は襦袢《じゅばん》しか着ていなかった。そして、胸と背中に刀傷があった。

「な、何でそんな死体がこんなとこにあるんだ」

普段は気丈な仁三郎だが、声をふるわせていた。

「左久次は、釣りをする予定だった大旦那をそこまで連れてきた。ところが、侍たちの争う声を聞き、引き返した。そのとき、左久次と大旦那は悲鳴を聞いている。おそらく、この男はそのときに殺されたのだろう」

「いってぇ誰に……」

「わからねえ」

「で、どうすんだ？　死体を見つけたんだぜ」

伝次郎は仁三郎にゆっくり顔を向けた。

「着ているものから、この男の身許はわからねえ。襦袢だけだからな。下手人は身許がわからないように、着物を剝《は》ぎ取っていったんだ」

「こ、殺しだぜ。御番所《ごばんしょ》に知らせなきゃ」

「ここは御番所の支配地じゃない」

「ほんとか……じゃあ、どうするってんだ」

仁三郎は強張った顔を向けてくる。

伝次郎は周囲に視線をめぐらして考えた。これはあきらかに殺しである。町奉行所に届けてもいいが、あいにく管轄外である。ここは代官領なので、町奉行所はおざなりの調べをしたのち、代官所預かりの手続きをするだけだ。

それに、町奉行所に知らせれば、死体が発見されたことが下手人に知れる恐れがある。そうなると、下手人は警戒心を強くし、深く潜行するかもしれない。

(ならば……)

順当な手続きを踏むべきだ。そう考えた伝次郎は、仁三郎に視線を戻した。

「そこの寺にこの死体のことを知らせよう。おれたちの仕業《しわざ》でないのはあきらかなのだ。その辺はおれがうまく話をする」

「そうかい。それじゃ、寺に行こうじゃないか」

二人は宝泉院を訪ねると、住職に詳しい話をして、死体のあった現場に同行した。

そのまま立ち去るわけにはいかないので、伝次郎は死体を寺で預かってもらい、口書を住職に取らせ、あとのことを頼んで舟に戻った。

七

舟を操る仁三郎は、なおも死体のことを気にしていた。

「これではっきりした。下手人たちは、左久次と松倉屋の大旦那に気づいていたんだ。だから、あの二人は妙な死に方をした」

伝次郎がそういうと、

「そりゃ、ほんとうかい」

と、仁三郎は恐怖した顔で生唾《なまつば》を呑み込む。

「おれの勘だが、外れてはいないだろう」

「それでどうする気だ?」

「さあ、どうしたらよいか……」

伝次郎は短く考えたあとで、左久次が死体で見つかった場所に行ってくれと、仁三郎に頼んだ。

仁三郎は指図《さしず》されたまま舟を進める。空はどんより曇りはじめていた。まわりの景色もそれに合わせて、寒々しく感じられた。

(松倉屋の大旦那は、なにかに気づいたのだ。だから、左久次に口止め料をはずんだ)

そうでなければならないはずだ。

伝次郎は濃い霧の向こうに隠れている下手人像を探る目になっていた。

「この辺だろう」

仁三郎が舟を止めた。

そこは、小名木川を突っ切った横十間川から、左に入ったあたりだった。宍戸藩松平家の抱屋敷の裏塀が近くにある。

松田久蔵はこのあたりを隈《くま》なく見てまわっているはずだ。伝次郎は久蔵の探索能力を十分知っている。見落としはなかったはずだ。

岸辺は雑草と藪におおわれている。左久次の舟は横十間川から半町ほど行った左手にあったという。そして、そのそばに左久次の死体が浮いていた。この冷たい冬の川に……。

「仁三郎、棹を立ててみてくれ」

いわれた仁三郎が、水中に棹を立てた。それで水深がわかった。四尺（約一二〇センチ）ほどだ。そして、水の流れもゆるやかだ。

「仁三郎、こんな川で左久次が溺れたと思うか？」

「思えねえ。誤って舟から落ちたとしても、あいつが溺れるはずねえさ。落ちても立てる深さじゃねえか」

「そうだ」

「あの死体と、左久次には何か繋《つな》がりがあるのか……」

さっき怖気《おぞけ》をふるっていた仁三郎は、興味津々《しんしん》の顔になっている。

「ないとはいえねえな」

「いったいどういうことだ……」

「それがわかってりゃ、世話ねえさ。さ、戻ろう」

「もう、いいのか」

「ああ」

川政の舟着場に戻りながら、仁三郎はなおも見つけた死体のことを口にした。

「仁三郎、そのことはしばらく誰にもいっちゃならねえ」

「いいはしねえが、おめえ、どうする気だ？」

「さあ……」

伝次郎は遠くの景色に目を注いだ。

「まさか、調べるってんじゃねえだろうな。だけど、おめえの手に負えることじゃねえだろう」

「そうだな。……とにかくあの死体のことは、誰にもしゃべるな」

「わ、わかったよ。何度もいうなってんだ」

川政の舟着場で仁三郎と別れた伝次郎は、陸《おか》にあがって仙台堀に足を向けた。

歩きながら松倉屋伊右衛門のことを考える。松倉屋は大きな茶問屋で、大名家の御用達である。ひょっとすると、あの死体はその御用達先の家臣だったのかもしれない。

左久次は侍が使った舟をしっかり見ていない。だが、伊右衛門は舟の刻印に気づいたのかもしれない。

しかし、それは確証のない、伝次郎の推量でしかない。

伊右衛門が死体で発見されたのは、海辺《うみべ》橋に近い仙台堀河岸の前だった。その夜、伊右衛門は、深川平野町《ひらのちょう》にある料理屋で食事をしての帰りだったという。

（どの料理屋で誰と一緒だったのか？）

そのことを調べる必要があると思った。仙台堀は曇り空から漏れる日の光を照り返していた。水面は油を流したように静かだ。

伊右衛門の死体を見つけたのは、近所の人間だったらしいが、それが誰であるかは聞いていなかった。海辺橋に近い深川万年町《まんねんちょう》の自身番を訪ねると、伊右衛門の水死体が届けられたのは、深川西平野町《にしひらのちょう》の自身番だとわかった。

そっちに足を運び、詰めている書役に死体発見時のことを聞いた。

「それで何でまたそんなことをお知りになりたいんで……」

書役はあらかたのことを教えたあとで、伝次郎に訊ねた。

「あの大旦那には世話になっていたんだ。だから、詳しいことを知りたいと思っているだけだ」

「人の好い旦那だったらしいですからね」

書役は疑いもせずにそんなことを口にした。

伊右衛門の死体を見つけたのは、近所に住む才吉《さいきち》という桶職人だった。知らせを受けた自身番のものが駆けつけると、伊右衛門はうつぶせの状態で浮かんでいたらしい。河岸場には争った形跡もなく、また伊右衛門が堀川に落ちるのを見たものもいなかった。

さらに、こっちの調べも松田久蔵が担当していることがわかった。

「元気だとはいえ、あの旦那は年でしたからね。暗い夜道だったので、足を踏み外したのかもしれません。そうとしか考えられないんです」

「提灯を持っていたと思うが……」

「それは河岸道に転がっていました」

「火は消えていたんだな」

「消えていましたね」

「で、大旦那は近くの店で飯を食っての帰りだったと聞いているが、どこの店だかわからねえか」

それはわからないと、書役は首を振った。

八

伝次郎はもう一度松倉屋を訪ねた。

数刻前に会ったばかりの番頭が怪訝な顔を向けてきたが、警戒はしなかった。

「釣り場に行ってこられたんですか？」

「行ってきたが、何もわからなかった。で、大旦那が死体で見つかった晩のことだが、どこの店に行っていたんだ？」

「深川平野町にある中村屋《なかむら》という料理屋です。大旦那様はあの店の魚料理を気に入っていましてね」

「ひとりだったのだろうか……」

「さあ、それは」

首をひねる番頭は、何か気づいたように目をみはって、

「そうですね。連れがいたら、店で別れずに大旦那様を見送ってくれたはずですね」

と、言葉を足した。

「知っているものはいねえか？」

「旦那様ならわかるはずです」

「会えるか？」

番頭は腰をあげると、店の奥に行ってすぐに戻ってきた。しばらくして四十歳ぐらいの色白の男がやって来た。松倉屋伊兵衛《いへえ》だといって、

「船頭の伝次郎さんですね」

と、いった。

「おれのことを……」

「耳にしております。腕のいい船頭だって……。じつはあなたにお話ししたいことがあるんです。どうぞ、おあがりください。弁造《べんぞう》さん、わたしは奥の座敷にいるから、何か用があったら声をかけてください」

伊兵衛は、弁造という番頭にそういって、さあ、こちらへと、伝次郎を促した。

奥の小座敷に案内されると、伝次郎は伊兵衛と向かいあって座った。小庭の見える洒落《しゃれ》た造りだ。床の間の一輪挿《ざ》しに、赤い実をつけた藪柑子《やぶこうじ》が投げ入れてあり、山水の掛け軸が飾ってあった。

障子越しのあわい光がその小座敷をやわらかく包んでいる。

伊兵衛は口の端に、小さな笑みを浮かべて伝次郎を見てくる。面長《おもなが》な顔に合わせたように背の高い男だった。

「伝次郎さんのことは耳にしております。昔は御番所に勤められていたと。それもやり手同心だったらしいですね」

いきなりそんなことをいわれた伝次郎は、目をみはった。政五郎も自分の過去を知っていたし、この若い茶問屋の主も知っている。

(いったい、いつ誰がおれのことを……)

そう思うが、伊兵衛に異を唱えることはできない。

「ま、そのことをいい触らしはしませんので、どうかご安心を。伝次郎さんも、あまり昔のことを穿鑿《せんさく》されたくないのでしょう。そうお察しします」

「町のものはもう知っているのか？」

「知っている人もいらっしゃるでしょうが、知らない人のほうが多いでしょう。とくに取り沙汰《とざた》するようなことではありませんからね」

「話したいことがあるといったが……」

「おとっつぁんのことです。今朝、伝次郎さんがおとっつぁんのことを聞きにみえたと、弁造さんに教えられて、是非にも相談したいと考えていたのです」

「…………」

「わたしはおとっつぁんは、殺されたのだと思っています。誰にもそんなことはいっておりませんが、とてもあんな死に方をするとは思えないからです。おとっつぁんは、心の臓が弱り、年も食っていましたが、まだまだ足腰はしっかりしておりました。それに目も悪くありませんでした。年を取っても、そんな老人がいるんだと、我が父親のことながら、感心していたのです。仙台堀に落ちるなんて、まずないことです」

「殺されたと思っているといったが、心あたりでもあるのか？」

「いいえ、何もありません」

伊兵衛はゆっくりかぶりを振ってつづけた。

「ただ、おとっつぁんが死ぬ前の日でした。こんなことをいわれたんです。殿様相手の商売あってのうちだが、見なくていいものを見、知らなくていいことを知ることがある。わたしは口を堅く閉ざしているので、おまえに迷惑はかからないと思うが、気配りを怠っちゃだめだよと、そんなことを……」

「……………」

「そのときは気にもせず、いつもの説教だと思って聞き流していたのですが、仙台堀で死んでいたという知らせを受けたときに、何だかいやな胸騒ぎを覚えたんです。それで、おとっつぁんにいわれたことをふいに思いだしたのです。思い返すと、あのときのおとっつぁんの口ぶりには、噛んで含めるものがあった気がするんです。いえ、きっとそうだったのです。遠まわしにわたしに注意を促したはずなのです。あのとき、なぜそんなことをいうのだと、聞き返せばよかったのですが、いまとなってはもう後の祭りです」

「大旦那は殿様相手の商売だといったのだな」

「はい、うちはたしかにいくつかの大名家に、贔屓《ひいき》にしてもらっています。掛川と浜松のお殿様にはとくにお世話になっています。そのおかげで、他の大名家もうちを重宝されるようになりました。ありがたいことですが、それなりに心配《こころくば》りもしなければなりません。かといって、その大名家とおとっつぁんの死に、繋がりがあるというのではありません」

「…………」

「しかし、わたしは真相を知りたいのです。本当に足を滑らせて仙台堀に落ちたのかもしれませんが、そのことを誰も見た人がいないのです。川政の左久次という船頭が先に死んでいますが、わたしはその死にも疑問があります。そして、左久次とおとっつぁんは、死ぬ数日前に中川のほうに釣りに行っています」

伝次郎はなにも口を挟まず黙って耳を傾けた。

「ところが、その日は早々に帰ってまいりました。釣りはどうしたのだ、大きな鯉を釣ってくると勇《いさ》んでいたじゃないかといったのですが、気が変わったのだといって自分の部屋に引き取ってしまいました。いまになって思うと、妙に思い詰めた顔をしていましたし、夕餉の席でも口数が少なかったのです。普段なら軽口をたたいてみんなを笑わせるのですが、それもありませんでした。ちょっと疲れているといって、早く寝間に引き取りましたから、どこか具合が悪いのかもしれないとみんなで心配したのです。お茶も出さずに申しわけありません。いま持ってこさせましょう」

「いや、茶はいらぬ。その先の話を聞きたい」

伝次郎は遮《さえぎ》って話を促した。

「これもあとになって気づいたことですが、おとっつぁんが変わったのは、釣りに行って帰ってきてからなのです。めっきり口数が少なくなり、自分の部屋にこもって何か深く考えているようでした。わたしはそのわけを知りたいのです。もちろん、仙台堀に落ちたのは、おとっつぁんが誤って勝手に落ちたのかもしれませんが、命を落とした裏に、何か自分たちの知らないことが隠されているような気がしてなりません。それで、そのことを調べてもらいたいと思っていたのです」

これは妙なことになったと思う伝次郎だが、伊兵衛は真剣そのものだった。

「もちろん、ただで調べてもらおうとは思っていません。真相がどうであれ、調べていただければそれなりのお礼をいたします」

そういった伊兵衛は、急いで懐から財布を取りだし、

「これはその手付けだと思ってお納めください」

伝次郎の膝前に置かれたのは、五両の金だった。

「真相がわかったあかつきには、もう十五両お支払いします」

伝次郎は大きな眉をぴくっと動かした。

「お願いできませんか……」

伊兵衛は身を乗りだすようにしていう。伝次郎は短く考えてから、膝前の金に手をのばした。

「わかった。できるところまでやってみよう。だが、何もわからなかったら、これ以上の礼金はいらない」

第三章　妾の存在

一

伊右衛門は死ぬ前に、深川平野町にある中村屋という料理屋で食事をしていた。ひとりではない。相手をしていた女がいた。

「女……」

中村屋の番頭の言葉に、伝次郎は眉宇をひそめ、どこの何という女だと訊ねた。

「それがよくわからないんです。二、三度ご一緒なさったことはありますが、どういう素性の人だか……」

金兵衛《きんべえ》という番頭は、小首をかしげて言葉をついだ。

「品がよくて身なりのいい人で、そうですね年の頃は、三十半ばぐらいでしょうか……」

「名前もわからないのだな」

「へえ、申しわけもありませんで……」

金兵衛は頭を下げたあとで、給仕をした女中がいるので聞いてみるといった。しかし、その女中も女の姿なりは見ているが、名前は聞いていなかった。

「大旦那さんは、嬉しそうに料理に箸をつけては、その女の人に酌をしていました。大旦那さんはお酒をたしなまれませんからね。若い人と一緒にいるだけで、楽しかったんでしょう」

「商売女のようだったか？」

「いいえ、どこかの奥様かご新造《しんぞう》という感じでした。言葉つきも丁寧でしたから……」

女中は目をまるくして伝次郎を見る。

伊右衛門は中村屋で食事をしたあと、女と一緒に店を出ている。それは五つ半(午後九時)頃だったらしい。番頭の金兵衛が玄関先まで見送って、二人は海辺橋のほうに歩き去ったという。

中村屋を出た伝次郎は、海辺橋を渡ったところで立ち止まった。伊右衛門の死体は、橋から西へ半町ほど行ったところに浮かんでいた。

(その女が下手人か……)

伊右衛門は元気だったといっても高齢である。川端を歩いているところを後ろから突き飛ばせば、川に落とすのは造作ない。冷たい川に落ちた伊右衛門の心の臓は、一気に縮みあがり、あっという間に息絶えた。

(そういうことか……)

しかし、助けを求める声ぐらい出すだろうし、溺れる寸前に激しい水音を立てたはずだ。それなのに、そのことを見たものがいない。静かに水に落ちて、静かに死んだ。そんな印象を受ける。

(どうやったらそうなる)

遠くに視線を向ける伝次郎だが、女の存在が引っかかった。

女を探さなければならないが、見当のつけようがない。ひょっとすると、息子の伊兵衛に心あたりがあるかもしれないと思い、伝次郎はもう一度松倉屋に戻った。

「女と一緒だった……」

伊兵衛は目をみはり、初耳だという顔をした。

「松田さんの調べで、そのことはわかっていなかったのか？」

「へえ、いま聞いて驚いた次第です」

伝次郎は松田久蔵の色白で整った顔を脳裏に浮かべた。久蔵がそんな初歩的なことを見落とすはずがないのに、どうしたのだと思った。

「それで心あたりはないか？」

伊兵衛は短く視線を泳がせてから口を開いた。

「ひょっとすると、おっかさんが知っているかもしれません。いまは出かけていますが、帰ってきたら聞いておきましょう」

伝次郎は頼むといって、松倉屋を出た。

すっかり船頭仕事は休みである。それでもよいと伝次郎は思った。何はさておき、政五郎から頼まれたことを拒むことはできない。それに思いがけず、松倉屋伊兵衛から謝礼という名の探索費をもらった。当分仕事を休んでも暮らしに困ることはない。

伝次郎は芝翫《しかん》河岸に置いていた舟に戻ると、そのまま小名木川から大川に出た。満々と水を湛《たた》えた川の水はゆっくりうねりながら、西にまわり込んだ日の光を照り返していた。

まだ、日の暮れまでには時間があるので、川舟が多く見られる。猪牙舟もあれば、屋根舟や屋形船、そして材木舟が下ってもくる。

川は光の加減で白っぽく見える場所と、藍《あい》色に見える場所があった。

伝次郎は棹を器用にさばきながら、大川を横切り、日本橋《にほんばし》川につながる箱崎《はこざき》川に入る。崩《くずれ》橋をくぐると、そのまま日本橋川を遡上し、楓《もみじ》川に向かった。

日本橋川には漁師舟が多く見られた。夕市に出荷する魚介類を積んだ舟だ。そうそうに荷を降ろして下ってくる漁師舟もあった。

楓川に乗り入れると、南外れにある弾正《だんじょう》橋のそばに猪牙をつけた。菅笠に頬被りをして、弾正橋をわたる人間や、河岸道を行き交う人々に目を注ぐ。

時刻は七つ（午後四時）前だ。松田久蔵に会いたいのだが、会えるという保証はなかった。江戸の町を毎日のように見廻《みまわ》る定町《じょうまち》廻り同心は、そのときどきで自宅に帰る経路も出仕する経路もちがう。手っ取り早く八丁堀《はっちょうぼり》の自宅を訪ねればよいが、まだ帰宅する刻限ではない。

伝次郎は一目で八丁堀同心だとわかる男を見ると、菅笠に隠れた目を凝らした。そのほとんどの同心は顔見知りである。だが、松田久蔵はその中にいなかった。

日は落ちるのが早く、あたりが夕景色に変わっていた。曇り空のせいでもあるが、西に浮かぶ雲はかすかな光を受けてうすす紅色ににじんでいた。

(明日の朝、出なおすか……)

伝次郎は煙管を舟縁に打ちつけて灰を落とした。すでに夕闇が漂いはじめていた。暗くなった大川はできるだけわたりたくない。

もちろん舟提灯をつけはするが、夜の川は明るい昼間とちがい操船が難しい。船頭は川波のうねりや、水流を計算に入れ、もっとも安全な流域を選んで棹や櫓をさばく。小さな川はともかく、大きな川となればそれだけの神経を使わなければならない。

(あと小半刻《こはんとき》待とう)

伝次郎はあげかけた腰をおろして、もう少し粘ることにした。

河岸道を三人の若い娘が楽しそうに笑いながら、本材木町《ほんざいもくちょう》七丁目の角を曲がっていった。その角店からひとりの女が出てきて、少し伸びあがって暖簾を掛けた。その後ろ姿が、どことなく千草に似ていた。

――何だかここは落ち着きます。越してきちゃおうかしら。

その言葉が甦《よみがえ》った。

千草はさらりと口にしたが、おそらくその気があるからなのだ。伝次郎も鈍い男ではない。そのぐらいわかっている。

越してこいといえば、おそらく千草も拒みはしないだろう。だが、本当に一緒になっていいものかどうか迷いがある。いまのままでも不足はないのだ。だが、一緒になりたいという気持ちもある。

（お互い、もう少し素直な心になっていいのではないか……）

そこまで考えたとき、伝次郎の目がひとりの男に注がれた。白魚橋《しらうお》を渡ってくる久蔵の姿があったのだ。小者の八兵衛《はちべえ》も一緒だ。

伝次郎はゆっくり腰をあげ、頰被りを引くように剝ぎ取った。

「松田さん」

声をかけると、久蔵が立ち止まって見てきた。

二

「たしかにその件はおれが調べた」

久蔵は伝次郎の問いに、そう答えた。

そこは弾正橋からほどない柳町《やなぎちょう》にある小さな居酒屋だった。入れ込みの隅で、伝次郎と久蔵は向かいあって座っていた。八兵衛は久蔵に先に帰されていない。

「なにも疑うことなく水死で片づけたのですね」

伝次郎はかつての先輩に対しては、普通の武士言葉を使う。

「そうでもないさ」

久蔵はそういって盃を干してから、伝次郎をまっすぐ見た。

「なぜ、そんなことを聞く？」

「左久次は死ぬ数日前に、松倉屋の大旦那に頼まれて中川まで舟を出しています。ところが、釣り場に行った先で、妙な声を聞いているんです」

伝次郎はそういってから、おかるから聞いた話をした。

「なにィ。そんな話は調べのときには聞いていないぞ」

久蔵は他の同心とちがい、べらんめえ口調ではない。日に焼ける外廻りの同心ながら整った色白顔だが、それなりのしわや染みはある。伝次郎より六歳上だ。

「その話は、左久次の野辺送りが終わったあとで、おかるが川政の政五郎さんに打ち明けたことなんです。松田さんが聞いていないのは仕方ないでしょう。それに、わたしはその侍同士が争っていた場所に行って来ました。今日のことですが、死体を見つけました」

「なに……」

久蔵は大きく眉を動かして、目をみはった。

「そこは中川の対岸です。御番所の支配地ではないので、近くにある寺に詳しい話をして、代官預かりにするよう頼んできました。まあ、代官預かりになったとしても、手付《てつけ》の簡単な調べで無縁仏になるのがオチでしょうが……」

「そうだったか……。たしかにおかしなことはある。左久次の死もそうだった。あの川は深くない。小柄な左久次でも立てたはずだ。だが、傷痕もなければ、首を絞められたような痕もなかった。付近の土手や藪を見てまわったが、不審なものはなにも見つけられなかった。人は慌てると平常心をなくし、溺れることが多々ある。左久次もそうだったのだろうと思うしかなかった」

「松倉屋伊右衛門についてもそうですか……」

伝次郎は舐《な》めるように酒を飲んで、久蔵を見る。

「そうだ。伊右衛門は六十半ばの年寄りだ。この冬の冷たい川に落ちればひとたまりもないだろう。だが、落ちたあたりは十分に検分した。疑わしい足跡も、争ったような地面の荒れもなかった。足を踏み外したとしか考えられなかった。もしくは、年寄りによくあるように、急に心の臓かなにかが差し込んで、そのまま川に落ちたのかもしれない。そう判断するしかなかった」

「伊右衛門は死ぬ前に中村屋という料理屋にいました。そのことは……」

伝次郎はじっと久蔵を見つめる。

「知っている。お高《たか》という女と一緒だった」

伝次郎は眉を動かした。久蔵はちゃんと調べていたのだ。

「お高……」

「そうだ。亭主と死に別れたあと、伊右衛門が何かと面倒を見ていたらしい。いまは西平野町で独り暮らしだ。中村屋を出たあと、お高は伊右衛門と海辺橋を渡ったところで別れている。その後のことは、お高は何も知らない」

「そうだったのですか……。いや、これは失礼しました。松田さんが、その女のことを調べていないのではないかと思っていましたので……」

「やることはやっておる。お高のことは、中村屋の小僧が知っていたのだ」

「そうでしたか……」

「しかし、松倉屋伊右衛門と船頭・左久次の件は、すでに決着がついている。いまさら調べなおすというわけにはいかんのだ」

「わかっています」

一度決着したものを覆《くつがえ》すことはできない。覆して調べなおす場合は、よほどの理由がなければならないが、めったにあることではなかった。

「しかし、左久次と伊右衛門が聞いた争う声というのは……」

久蔵は途中で言葉を切って、いまさらおれの出る幕ではないか、と宙の一点を見てつぶやいて伝次郎に顔を向けた。

「おぬし、この件を調べるのか？」

「おかるが左久次から話を聞いていなければ、そのまま水死で片づいたでしょうが……」

「そうはいかなくなったというわけか。しかし、なにゆえおぬしが調べることに？」

「川政の政五郎さんと、松倉屋の主に頼まれたんです。二人とも、わたしがかつて同心だったことを知っていました。どこでどうやって知られたのかわかりませんが……」

「人の口に戸は立てられぬということか。だが、そうであれば開きなおるしかなかろう。別に悪いことをしていたのではないのだからな」

「ま、そうでしょうが……」

伝次郎がめずらしく弱ったという顔をすると、久蔵が短く笑った。

「ハハハ。おぬしのお人好しは、相も変わらずだな。それにしても伝次郎……」

一旦言葉を切った久蔵は、厳しい顔つきになって言葉をついだ。

「どういう調べになるかわからぬが、おれに役に立てることがあれば、遠慮なくいえ。それから無理はするな。おぬしにはもう後ろ盾はないのだ」

ありがたい言葉だった。

三

暗い夜だった。それでも雲の隙間に星あかりを見つけることはできた。

久蔵と別れた伝次郎は、そのまま大川をわたって仙台堀に架かる海辺橋のそばに猪牙をつけたところだった。

舟提灯を持って、そのまま河岸道にあがってお高の家に向かった。

久蔵は一度お高に疑いの目を向け、ちゃんと調べをしていた。それによると、伊右衛門と中村屋で料理を楽しんだあと、お高は海辺橋まで一緒に歩いていた。そのまま松倉屋のそばまで送って行くつもりだったらしいが、偶然、同じ長屋に住むおひでという娘に出会った。

伊右衛門が自分はひとりで大丈夫だから、一緒に帰りなさいと勧めるので、お高はおひでとそのまま自宅長屋に帰っている。伊右衛門が仙台堀に落ちて死んだのは、その直後のようだ。

おひでの証言もあり、お高への嫌疑はそれで晴れていた。

深川西平野町に升兵衛《ますべえ》店という長屋があった。そこがお高の住まいだった。木戸口を入って二軒目がその家だ。久蔵に教えてもらっていたので、迷うことはなかった。

訪《おとな》いの声をかけると、短い間があって、腰高障子が小さく開けられた。

「船頭の伝次郎という。じつは松倉屋の主・伊兵衛さんから頼まれて来たのだが、少し話をしたい」

松倉屋という名を出したとたん、お高の顔に警戒の色が浮かんだ。それは伝次郎が予想していたことだった。

「別にあやしいものではない。わたしは以前町方の手先をやっていたものだ。それで、此度《こたび》の一件を調べているだけだ。手間は取らせぬ」

こういったときは、職人言葉ではないほうがいい。伝次郎は言葉つきをうまく使い分ける。

「大旦那の何をお調べになっているんです?」

「知りたいことはいろいろあるが、とにかく話をさせてくれないか。家がまずいなら、どこか近くの店に行ってもいい」

お高は少し躊躇《ためら》ってから、それならどうぞといって家の中に入れてくれた。

そのまま居間で向かいあって座った。行灯のあかりに浮かぶお高は、なるほど美人だった。だが、化粧気のない顔には小じわが目立った。中村屋の番頭は、お高のことを三十半ばだといったが、じつは四十をとうに越えているようだ。

「大旦那は足を滑らして川に落ちたということになっているが、じつはそうでないかもしれないんだ」

伝次郎の切り出した言葉に、お高の目が驚いたように見開かれた。

「詳しいことはいえないが、大旦那はおまえさんと会う何日か前に、左久次という川政の船頭を雇って釣りに行っている。そのときに、侍同士の争う声を聞いている。ただそれだけなのだが、相手は大旦那と左久次を見たようなのだ。いや、はっきりそうだとはいえないが、その三日後に横十間川の支流で、左久次の死体が浮かんだ。溺れ死んだのかもしれないが、同じように大旦那も仙台堀に落ちて死んでいる。そのことを不審に思っているのは、ひとり二人ではない」

「でも、御番所の調べでは……」

「そうだ。調べたのはおれもよく知っている松田久蔵という町方の旦那だ。おまえさんも会っているはずだ。じつは、さっきもその旦那と会ったばかりなんだ」

「そうなのですか……」

ようやくお高の目にあった警戒心が薄れた。

「松田さんは、いろいろ調べたが、人に殺された形跡を見つけられず、二人とも水死ということで片づけている。ところが、大旦那と左久次が釣り場に行ったときに見聞きしたことがあった。それがわかったのは、左久次の野辺送りが終わったあとだ。要するに松田さんの調べがとっくにすんだあとのことだ」

「大旦那と左久次さんという人は、何を見聞きしたのです？」

当然の問いかけだった。

「それは他言してほしくないことだが、黙っていてくれるか」

伝次郎は真剣な目でお高を見つめる。品のある面立ちだが、男心をくすぐる目をしている。いまも美人に変わりないが、若い頃は誰もが振り向く女だったにちがいない。

「わかりました。お約束します」

きれいに引き結ばれた唇を見て、伝次郎はおかるから聞いた話をざっと話した。

お高はかたい表情で聞いていたが、

「すると大旦那は、殺しあいを見られたのですか……」

と、聞き終わってから、ふるえるような声を漏らした。

「見たのではない。争う声を聞いたのだ。だが、その侍のひとりに二人は見られている」

「それじゃその侍が、大旦那と船頭さんを……」

「それはわからねえ」

伝次郎は職人言葉で答えて、言葉を足した。

「わからねえが、二人の死にはどうにも納得のいかねえもんがある。左久次の女房も、松倉屋の伊兵衛さんも、そして川政の主・政五郎さんもそう思ってる」

「わたしもです」

伝次郎はきっぱりといったお高を眺めた。

「大旦那が足を滑らせて川に落ちたなんてあり得ないことです。町方の松田さんという旦那にあれこれ聞かれたときには、ただ驚きと哀しみで、そんなことは思いませんでしたが、あとになっておかしいと思いましたし、いまもそうです」

お高は膝に置いた手をにぎりしめ、悔しそうに唇を噛んだ。

ジジッと行灯の芯が鳴った。

「あんたと松倉屋の大旦那は、どんな間柄なんだ？　いや、話したくなきゃ教えてくれなくてもいいが……」

伝次郎は遠慮気味に聞いたが、お高は隠しはしなかった。

「わたしの面倒を見てくれていた人です。わたしは三十のときに亭主をなくして、柳橋《やなぎばし》の料理屋で仲居をしていたのですが、そのときに大旦那に声をかけられて、それ以来の付き合いでした。もう十二年になります」

「そうだったか。それで、大旦那が死んだ晩のことだが、中村屋で一緒に飯を食っていたらしいが、そのとき大旦那におかしなところはなかったかい」

「何もありませんでした。いつもと変わらず元気で、料理をおいしそうに食べていました。よく食べてよくおしゃべりをして……でも……」

「なんだ？」

「そうなんです。わたし、あの晩にいつもより多めのお手当をいただいたんです」

「お手当……」

「はい、わたしは囲われものでしたから、当然といえば当然かもしれませんが、家に帰ってきて財布を見ると、いつもよりうんと多くお金が入っていたんです。それに、中村屋を出るとき、もうおまえさんとの仲も長くないかもしれない、といわれたんです。わたしは、そんなことはありません、大旦那には元気で長生きしてもらわなきゃ困ります、と軽口をたたいたんですが、あんなことをいう人じゃなかったんです」

「他に気になるようなことを聞かなかったか？」

お高はしばらく考えたが、他にはないと首を横に振った。

四

舟に戻った伝次郎は、しばらく棹をつかんだまま遠くの闇に目を向けていた。

松倉屋伊右衛門は、死ぬ前にお高に意味深なことをいっている。

——もうおまえさんとの仲も長くないかもしれない。

（そして、妾《めかけ》のお高に普段より多い金をわたした）

伝次郎は、伊右衛門は自分の身の危険を知っていたのかもしれないと思った。

（そうだ、伊右衛門の跡継ぎである伊兵衛にも……）

——殿様相手の商売あってのうちだが、見なくていいものを見、知らなくていいことを知ることがある。わたしは口を堅く閉ざしているので、おまえに迷惑はかからないと思うが、気配りを怠っちゃだめだよ。

死ぬ前日に、伊右衛門はそんなことを息子の伊兵衛にいっている。

そして、左久次を雇って釣りに行った日。伊右衛門は早々に帰ってきて、自分の部屋に引き取り、妙に思い詰めた顔をしていたと、伊兵衛はいった。以来、口数が少なくなったとも。

（大旦那、あんた何を知ったんだ？　何に気づいたんだ？）

胸のうちで疑問をつぶやく伝次郎は、ゆっくり舟を出した。

とろりとした仙台堀の川面は、河岸道にある料理屋のあかりを映し取っていた。

風が冷たいので、伝次郎は首に襟巻きを巻いた。

そのまま仙台堀を抜け、一度大川に出、少し川を上り、万年橋から小名木川に入った。まっすぐ家に帰る気がしないので、六間堀に入ると、猿子橋のそばに舟を置いて、千草の店を訪ねた。

「あら、伝次郎さん」

真っ先に声をかけてきたのは、ときどき手伝いに来ているお幸《さち》だった。嬉しそうに無花果《いちじく》のようなほっぺに笑みを浮かべた。

客は土間席にひと組しかいなかった。伝次郎はいつものように、小上がりの隅に落ち着いた。千草がすぐにやってきて、「お燗」と短くいう。伝次郎が「うむ」とうなずくと、千草は台所に下がった。

何だか千草の顔を見ただけで、ホッと落ち着くものがあった。

「伝次郎さん、今日は遅いじゃない。寒いのにお仕事大変ね」

土間席の客に料理を運び終わったお幸が話しかけてきた。

「どんな仕事も楽じゃねえさ」

「そりゃそうでしょうけど、感心します」

お幸はひょいと首をすくめ、ぷいっと空を向いている愛らしい鼻に小じわを寄せる。

「おまえもだんだん大人になってきたな」

「あら、そうかしら」

「そうだ。いつまでも小娘じゃないんだ。来年は十八か十九か……」

「女に年は聞かないの」

お幸は伝次郎をたしなめて、そのまま台所に下がった。

「まいったな……」

小さく苦笑すると、千草が燗酒を運んできて、

「はい、一日ご苦労様でした」

といって、酌をしてくれた。

「暇そうだな」

「ついさっきまでてんやわんやだったんです。だから、急いでお幸ちゃんを呼んで手伝ってもらっていたんです」

「そうだったのか……」

伝次郎は酒に口をつけた。

「政五郎さんには会ったの？」

「今朝会った」

「やっぱり何か悩んでいたんじゃないの」

「そうだな。商売をやっていると、いろいろあるみたいだ。それに、若い船頭が死んじまったので、まいっていた。やるか……」


伝次郎が銚子《ちょうし》を持ちあげると、千草は遠慮なく自分の盃を差しだした。

「政五郎さんは、情の厚い人ですからねえ。あら、お帰り？」

千草は帰り仕度をはじめた土間席の客に気づいて、声をかけた。伝次郎はひとり酒を飲んで、小上がりに置かれている燭台《しょくだい》の炎を見つめた。

明日、もう一度伊兵衛から話を聞こうと思う。左久次と伊右衛門の死には、得体《えたい》の知れないどす黒い裏がある。そんな気がしてならない。

伊右衛門は釣りに行ったあの朝、侍たちのことに気づいたのだ。そして、その相手も伊右衛門と左久次に気づいた。

そこまで考えて、はたと思うことがあった。盃を口の前で止めたまま、ゆらめく燭台の炎を凝視する。

左久次と伊右衛門に気づいたということは、相手は二人を知っていたということだ。そうでなければならない。だが、その相手はどうやって二人を殺したのだ。二人の体に外傷はなかった。毒を飲まされたようでもない。

(なんだ……)

そんなことを考えている間に、千草が客を送りだし、お幸が洗い物が終わったといって、台所から出てきた。

「お幸ちゃん、もういいわ。今日はありがとう。こんな寒い晩だから、来る客も少ないでしょう。気をつけて帰って」

「はい、それじゃ帰らせていただきます。伝次郎さん、ゆっくりね」

お幸は笑顔を振りまいて店を出て行った。

「あれも気づかないうちに大人っぽくなったな」

お幸が閉めた表戸を見て、伝次郎はつぶやいた。

「そうですよ。女の子はどんどん大人になっていきますからね。さあ、もう暖簾を下げちゃおうかしら……」

小上がりの縁に座ったばかりの千草は、戸障子が風でカタカタふるえる音を聞いて立ちあがった。と、その戸ががらりと開けられた。

「おう、ここにいたか……」

入ってきたのは政五郎だった。

「いいかい?」

と、千草に訊ねる。

「もちろんですわ」

五

「うちの番頭もしみったれたことというからまいっちまう。とはいっても、番頭のいうとおりなんだが……いろいろ気苦労が多いよ」

政五郎はめずらしく愚痴《ぐち》をこぼして、伝次郎に「ま、一杯」といって酌をしてくれる。

台所からトントンと何かを切っている小気味いい音が聞こえてくる。

「で、何か調べてくれたかい?」

政五郎は酒に口をつけてから、低声でいった。

「ひととおりというか、まだ手をつけたばかりです。それより今日、仁三郎に大旦那と左久次の行った釣り場に案内してもらったんですが、そこで死体を見つけました」

伝次郎も低声で応じる。

「なんだって……」

政五郎は驚いた顔で、盃を折敷《おしき》に置いた。

「死体は近くの寺に預け、代官所に届けるようにしましたが、おそらく松倉屋の大旦那はあの死体に関わる人間に心あたりがあった、あるいはなにかに気づいたはずです。それに相手も、大旦那と左久次を知っていたかもしれません」

「そりゃほんとうかい」

「まだ、手をつけたばかりなんで、何ともいえませんが……。今日のことは、大っぴらにしないほうがいいと思い、仁三郎には念を入れて口止めをしておきました」

「やつァ、口の堅い男だ。心配はねえだろうが、大っぴらにできねえってのは、どういうことだ？」

政五郎は身を乗りだすようにして聞いてくる。

「下手人は意外と近くにいるかもしれないってことです」

「……………」

政五郎はまばたきもせずに、乗りだした身を引いた。そのとき、千草が台所からあらわれ、蕪と人参《にんじん》と牛蒡《ごぼう》の漬け物を持ってきた。彩りがいい。

「どうぞ、もうこんなもんしかないんです。お腹空いてたら、茶漬けかおにぎりなら作りますけど……」

「十分だ。だが、あとで茶漬けをもらおうか」

伝次郎がいうと、千草が心得た顔で応じて、暖簾を下げるんで、一緒に飲んでいいかという。

政五郎が伝次郎を見て、いいだろうと同意を求める。大事な話ができなくなるのではないかと、伝次郎は思ったが、

「遠慮する仲じゃねえだろう。それにここの女将《おかみ》は口が堅い。そうだな、千草さん」

と、政五郎は意に介さない。

「あら、何かしら」

「いいんですか？」

「おい、伝次郎。おれの目は節穴じゃねえぜ。いっそのこと、一緒になっちまえばいいんだ」

「それは……」

伝次郎は言葉に詰まる。千草との仲は感づかれているのだ。

「ないしょのお話なら、わたし遠慮しますけど……」

暖簾をしまった千草が顔を向けてきた。

「ないしょ話のできる店じゃねえだろう。いいからこっちに来て飲みな」

度量の大きい政五郎は、いっこうに気にしないばかりか、

「ちょいと伝次郎に相談に乗ってもらっていることがあるんだ。だが、千草さん、このことは人にいっちゃいけねえぜ」

と、ちゃっかり釘を刺す。

「なんでしょう……」

千草は戸惑い気味の顔を、伝次郎と政五郎に向けて、小上がりの縁に腰をおろし

た。すぐに政五郎が酌をしてやる。

「左久次ってうちの若い船頭が死んだのは知っているだろう。それから、すぐそこの松倉屋の大旦那も死んだ。だが、どうにも納得がいかねえんだ。だから、伝次郎に調べてくれるように頼んでいるわけさ」

「何か引っかかっていることでもあるんですの？」

「大ありだ。左久次は若いし、あんな浅い川で溺れるわけがねえ。まあ、松倉屋の大旦那は、年だったから冷たい川に落ちたら、ひとたまりもなかったのかもしれねえが、どうにもなあ」

政五郎は苦々しい顔をして酒を飲む。

「それじゃただの水死じゃなかったとおっしゃるんですか……」

千草は伝次郎と政五郎を交互に見る。

「それはわからねえ。だが、おかしなことはある」

そういった伝次郎だが、少し躊躇った。千草に教えていいものかどうか迷う。二人の死の裏で、おぞましい事件が起きているのだ。

「何でしょう。わたしは誰にもいいませんよ」

「伝次郎、いいじゃねえか。相手は千草さんだ。隠すこたァねえだろう」

「そうですか、それじゃ今日調べたことと、あったことを話しますか。いずれにせよ、政五郎さんには話さなきゃなりませんからね」

伝次郎はそういって、その日誰に会って何を聞き、何を知ったかを大まかに話していった。もちろん、死体を見つけたことも、松倉屋伊右衛門に妾がいたことも打ち明けた。

「今日わかったことはそれだけです」

伝次郎が話を結ぶと、

「それじゃ、左久次さんと大旦那はその侍たちに見つかったから……」

と、千草は驚き顔でつぶやく。

「そうかもしれないが、単なる事故だったのかもしれねえ。それは何ともいえねえが、松田さんの調べでは、殺された形跡は何もなかった」

「だけど、人が殺されてるんだ。大旦那の行った釣り場の近くで」

政五郎は大真面目《おおまじめ》な顔だ。

「いったいどこのお侍なのかしら……」

伝次郎はそういう千草の白い顔を見た。

「千草、いまの話はここだけのことにして、胸の内にしまっておいてくれ。もし、左久次と大旦那の二人が殺されたのなら、災いが降ってこないともかぎらねえからな」

「わかりました」

千草は神妙にうなずいた。

「伝次郎、気をつけてくれ。おまえの話を聞いて、とんでもねえことを頼んじまった気がする。もし、調べをやめるっていうんだったら、いまやめてもいいんだぜ」

政五郎が心配顔で思いやったことをいう。

「まあ、もう少し調べてみますよ。それで何もわからなければやめます」

「無理はするな」

「わかってますよ」

伝次郎は口の端に笑みを浮かべて応じた。

それから一合の酒を飲むと、伝次郎と政五郎はお開きにした。二人で店を出ると、

「伝次郎さん、待って」

と、千草が呼び止めた。政五郎が心得顔を伝次郎に向け、

「おれは先に帰るぜ」

といい、背中を向けて去っていった。

「今夜も伝次郎さんの家に行きます」

伝次郎はそういう千草を黙って見つめた。


舟提灯をつけた伝次郎の猪牙は、ゆっくり六間堀を上っていった。河岸道にある軒行灯の数が少なくなっている。歩く人の姿もない。

冷たい風がうなりをあげて空を吹きわたっていった。

ゆっくり棹をさばく伝次郎は、縮こまったように座っている千草を見た。舟に乗ったきり、何もしゃべらなかった。

「寒いか……」

「ううん」

千草が振り返って首を振る。

「……千草」

「はい」

一緒になるか、といいかけたが、伝次郎は他のことを口にした。

「心配するな。おれは無茶はしない」

「……そう願っています」

その夜、千草はいつになく伝次郎にからみついてきた。普段は受け身だが、その夜の床だけは、ややもすると伝次郎が受け身になる恰好《かっこう》だった。

狂おしく悶《もだ》える千草の気持ちを汲《く》み取る伝次郎は、

（おまえは愛《いと》おしい女だ。決して離しはしないからな。それだけは信じてくれ）

と、何度も胸中でつぶやいた。

六

翌朝は、千草の作った朝餉を食べ、いつもよりゆっくり家を出た。松倉屋伊兵衛に会うのだが、あまり早くても迷惑だろうから、開店の時刻にあわせたのだ。

伝次郎は五つ（午前八時）の鐘を聞いて、松倉屋の暖簾をくぐった。帳場に座っ

ていた弁造という番頭がすぐに気づき、

「旦那様ですね」

と心得たことをいって、伊兵衛を呼びにいってくれた。

帳場にあらわれた伊兵衛は挨拶もそこそこに、伝次郎を奥の小座敷にいざなった。

「昨日、わかったことがいくつかある」

伝次郎は、伊兵衛と向かいあうなり切り出した。お高のことは伏せて、松田久蔵の調べに落ち度がなかったことと、伊右衛門の行った釣り場の近くで死体を発見したことだ。

「死体……」

「おそらく、大旦那と左久次が侍の争う声を聞いたときに斬られたのだろう。だが、身許はわからない。身を明かすものはなにもなかった」

伝次郎はその死体を代官預かりにするために、宝泉院に運んだことを付け加えた。

「その殺しとおとっつぁんの死に、何か関わりでもあるんでしょうか……」

伊兵衛の面長の片頰は、障子越しのあかりを受けているが、その顔は強張っていた。

「あるかもしれねえが、ないかもしれねえ。それはいまはわからない。ただ、大旦那と左久次は争っていたひとりの侍に見られている。おそらくその侍は、二人のことを知っていた。そう考えられもする」

「それは……」

「誰かはわからねえ。それで昨日いったことだが、聞いてくれたか？　大旦那の女のことだ」

すでにお高のことは知っていたが、伝次郎はあえて聞いた。伊右衛門が他に女を囲っていた可能性もある。

「おっかさんは心あたりのある様子でしたが、はっきりは知らないようです」

すると伊右衛門は、お高のことをうまく隠していたのだろう。

「お高という名を聞いたことはないか？」

「……お高、ですか？　いいえ」

伊兵衛はきょとんとした顔で首を振った。

「じつは大旦那は、その女と中村屋という料理屋で、死んだ晩に会っている。仙台堀に落ちたのはそのあとだ。大旦那はお高と海辺橋を渡ったところで別れた。だが、お高が殺したというのではない。そのことは町方の松田さんがちゃんと調べていた」

「そのお高というのは、いったい何者です？」

「大旦那が囲っていた女だ」

伊兵衛は驚きを隠しきれない顔をしたが、伝次郎はかまわずに問いかけた。

「それはそれとして、この店は大名家の御用達をしているな」

「へえ、掛川の太田《おおた》家と浜松の水野《みずの》家です。おかげで他の大名家にも気に入られています」

掛川藩太田備後守《びんごのかみ》、浜松藩水野越前守《えちぜんのかみ》、二人とも老中職にある大名だ。

もし、その両者の家中《かちゅう》が事件にからんでいれば、伝次郎は身を引かなければならない。大名家を相手取っての調べは、大きな山に小石を投げるようなものだ。町奉行所とて手を出せない相手である。

「他には？」

「まあ、この近くに屋敷を構えておられる殿様たちのほとんどが、ご贔屓筋です。そちらは御用達ではありませんが……」

伝次郎は高橋周辺の大名屋敷を頭に浮かべた。軽く十本の指が折れるほど、大名家の屋敷がある。

「すると各大名家の使い、あるいはその屋敷の家臣は大旦那のことを知っているってことだな」

「知っている人もいるでしょうが、そうでない人もいるはずです。もちろん、備後守様と越前守様のご家中には知られているはずです。まさか、そこのご家来がとおっしゃるんじゃないでしょうね」

「そうは思いたくないが……もし、そうならこれ以上の調べはできない」

「さようですか」

伊兵衛はがっくり肩を落として、ため息をついた。だが、すぐに顔をあげた。

「それで伝次郎さんは、もうこの調べはやめるとおっしゃるのでしょうか……」

「そういうわけにはいかねえだろう。まだ、取っかかったばかりで、わかっていることは少ない」

「では、もう少し調べてくださるのですね」

「そうするしかねえだろう。また、何かわかったら訪ねてくるが、旦那のほうで気になることがあったらそのときに教えてくれ」

「承知しました」

松倉屋を出た伝次郎は、芝翫河岸にある川政の舟着場に行った。ほとんどの舟は出払っていたが、運よく仁三郎を見つけることができた。

「おい、何かわかったか？」

顔を合わせるなり仁三郎が聞いてきた。

「昨日の今日だ。わかったことはない。それより、頼まれてほしいことがある」

「なんだい」

「おまえのことは政五郎さんに話してある。昨日死体を見つけたこともだ。だが、このことは他のものは知らねえ。まちがっても口を滑らすんじゃねえぜ」

「わかってるよ。それで頼みってェのは何だ？」

「左久次が死んだ日のことだ。左久次が死んだあの場所に行ったのを、見たものがいるかもしれねえと思ったんだ。もし、そのとき客を乗せていれば、その客のことも知りたい」

「そりゃどうかな」

仁三郎は渋柿のような顔をしかめた。

「あの場所はここからさほど遠くねえし、あの日は木枯らしの吹く寒い日だった。死体が見つけられたのは夕暮れだったが、その頃、左久次が向こうに行ったのを見て覚えているやつがいるかもしれねえだろう。川政の船頭でなきゃ、他の船頭が見てるかもしれねえ」

「それに客が乗っていたら、そいつがあやしいってわけだ」

「調べてくれねえか」

「わかった。いっちょう聞いてみるよ」

七

「下げてくれ。もういらねえ」

茶の間で朝餉を終えた政五郎は、台所に立っている女房のおはるにいいつけた。

「あら、残してるじゃありませんか」

大柄ででっぷり肥えたおはるがそばにやってきて、茶碗を下げながらいう。

「食が進まねえんだ」

「どっか悪いんじゃないの……」

おはるが心配そうな顔を向けてくる。

「どこも悪いとこなんかねえさ。それよりお茶をくれ」

政五郎が煙草盆を引き寄せたとき、おはようございますといって、おかるが土間先に姿を見せた。

「今日からよろしくお願いいたします」

おかるは深く腰を折って、政五郎とおはるに挨拶をする。

政五郎がいえば、おはるがこれをつけなさいと、真新しい前垂れを渡し、

「しっかり頼むぜ」

「二階の掃除を先にしておくれ」

と、早速仕事をいいつけた。

政五郎はその様子を微笑ましく見ていた。おかるは左久次を失ってずいぶん悲嘆に暮れていたが、その哀しみもだいぶ癒《い》えてきたようだ。

おはるから茶をもらって煙草を喫んでいると、

「それじゃ親方、行ってきやす」

と、帳場横の居間のほうで休んでいた船頭たちが挨拶をして、舟着場におりていった。

政五郎は、「おお、しっかりな」と、いつものように声を返す。

火鉢の縁に煙管を打ちつけて、雁首の灰を落とすと、また刻みを詰め、炭で火をつける。煙管を吹かしながら、伝次郎に頼んだ調べを気にする傍《かたわ》ら、店の資金繰りに頭を悩ませる。

昨日も番頭の忠兵衛に暮れまでに、少なくとも二百両は返済したいといわれたばかりだ。その金繰りに毎日のように歩いているが、どこも景気がよくないらしく、渋い顔をされる。

また、金の用立てを頼む前に、相手から売り上げの愚痴をこぼされると、用件を切り出すこともできずに帰ってくる。そんなことがこのところつづいている。

このところ、我知らず「はァー」とため息をつくことが多くなっていた。

船頭たちが出払い、二階座敷に二組の客が入ったのを見た政五郎は、愛想よく客の接待をするおかるを微笑ましく思って店を出た。

今日も金繰りの算段をしなければならない。借金は三百両少々だ。耳を揃えて払うこともできるのだが、そうなれば船頭と女中たちへの給金が払えなくなる。その他にも仕入れの金が毎月出ていく。すべてを待ってもらえれば、借金は大したことないのだが、現実はそうはいかない。

店を出た政五郎は、深川佐賀町《さがちょう》にある田島屋《たじま》という味噌問屋に足を運んだ。江戸一番の味噌問屋・乳熊屋《ちくま》にはかなわないが、田島屋もそこそこの店だった。そして、遠縁であり、盆暮れの付き合いも切らしていない。

頭を下げて借金を申し込むのは気が引けるが、切羽詰まっているので背に腹はかえられない。

「こりゃあめずらしいではございませんか。どうです景気のほうは？」

田島屋の主・東右衛門《とうえもん》は、政五郎の顔を見るなり、愛想よく客座敷にあげて、茶でもてなしてくれた。

「まあ、よかったり悪かったりです。商売はなかなか思うようにいきません」

政五郎は茶を飲んで、銀髪の東右衛門を眺める。還暦を過ぎているが、肌つやがよい。

「商売はそういうもんです。水物《みずもの》とはよくいったものです。水物といや、あんたんところはまさに水物だ。ハハハ……」

東右衛門は軽口をたたいて笑う。しばらく世間話をしたあとで、

「ところで、東右衛門さん、今日は他でもねえ頼みがあってやってきたんです。頼みというより相談なんですがね」

と、用件を切り出した。

「何だね、遠慮なくいってみなさい」

「その、うちは今年になって舟を総入れ替えして、二階の客座敷を改築したんですが、思いの外《ほか》出費が多くなって、どうにもいけねえんです。それで、来年には耳を揃えてお返ししますから、用立てをお願いできないかと思い、恥を忍んでの頼み事なんですが……」

耳を傾けていた東右衛門の柔和《にゅうわ》な顔が、途中から厳しくなった。

「なんだ、めずらしく遊びに来てくれたと思って喜んでいたら、借金の申し入れだったか」

「へえ、まったく弱ってんです」

「政五郎、あんたんとこには番頭がいるじゃないか。算段ができる見通しがあるから、舟を入れ替えたり改築したりしたんじゃないのかね」

「そうなんですが、見通しが甘かったといいますか……まったく面目《めんぼく》ない話で……」

東右衛門は取り出した煙管を煙草盆にゆっくり置くと、政五郎をまっすぐ見た。

「あんたのことだ。手堅い商売をしていると思っていたが……。それでいくらいるんだね」

政五郎はさっと顔をあげて、東右衛門を見た。望みがあると思った。

「三百両ばかり……」

「そりゃ大金じゃないか。困ったね。だけど、はっきりいうが、うちにもそんな余裕はないんだ。なにせ、近くには乳熊屋さんがあるんで、いっそのこと店を小さくしようかと考えているところなんだ。景気がよかったら、そりゃあんたの頼みだから、気持ちよくふたつ返事したいところだが、ちょっといまは無理な相談だ。悪いが他の工面を考えてみちゃどうだね」

「さようですね。へえ、まったくです。いや、無理なことを申しましてすみません」

結局、頭を下げて田島屋を出るしかなかった。

何だかここ数日同じことの繰り返しで、我がことながら嫌気がさす。

田島屋を出た政五郎は、永代橋《えいたい》の上に立って、橋の下を流れる川を眺めた。東右衛門のいうことは正しい。

たしかに番頭の忠兵衛に、二階の改築と舟の入れ替えをするといったとき、待ったをかけられていた。どっちか一方にしてくれといわれたのだ。しかし、政五郎は一旦こうと決めたら、簡単に引き下がる性分《しょうぶん》ではない。

――なあに、心配することはねえさ。こんなことはいちどきに、すましたほうがいい。いずれやらなきゃならないことだ。金の工面ならなんとでもなる。

政五郎は、深刻な顔で考えなおしてくれという忠兵衛を振り切っていた。

そのツケが、暮れになってまわってくるとは予想だにしないことだった。

（しかたねえ、もう少し粘ってみるか……）

政五郎は金を工面するために、永代橋を渡った。もう頼れそうなところはいくらもないが、話をしなければ何もはじまらない。やるだけやってみようと思い決めていた。

しかし、うまくいかなかった。田島屋東右衛門を入れて、その日四人の人間に会ったが、どこもやんわりとだが断られ、相談に乗ってくれるところはなかった。

いつもの政五郎らしくなく、意気消沈《いきしょうちん》し肩を落として店に戻ると、

「旦那、ちょっと知らせたいことがあります」

と、忠兵衛が帳場から声をかけてきた。政五郎は、ひょっとすると金繰りの算段ができたのかもしれないと期待した。

「いい話かい？」

そういってそばに座ると、いいえと、忠兵衛は渋い顔で首を振る。

「あれこれ掛け合っていますが、ついさっき日野《ひの》屋さんが見えまして返済を迫られたので、作り替えを頼みました。ところが日野屋さんが、それはだめだというんです」

日野屋とは高利貸である。作り替えというのは、利息を元金に書き加えて新しい元金として借用書をあらためて作り替えることである。

「それじゃ、暮れには全額返済しろってことかい……」

「早い話がそうです。そういう約束だったからと、一歩も引く様子がないんです。どうします？」

どうもこうもない。金繰りはまったくできていないのだ。

「金を借りるときに、この店は担保に入っています。暮れまでに返済できないと、この店は人手にわたることになるかもしれません」

「なんだって……」

政五郎はつづく言葉を忘れて、無表情な忠兵衛の顔を見つめた。

第四章　聞き込み

一

左久次と松倉屋伊右衛門の死に関しての調べは滞《とどこお》っていた。

伝次郎は侍の死体を発見してから、その後三日ほどかけて、竪川沿いの商家や木戸番小屋の番人などに丹念な聞き込みをしていたが、成果はなかった。

竪川沿いに聞き込みをしたのは、伊右衛門が行っていた例の釣り場への経路が、川政の船頭の話からいつも同じだったからである。

その日も伝次郎は河岸道沿いの小店や、茶店の人間に聞き込みをかけたが、やはり侍たちの乗った舟を見たというものはいなかった。それは、伊右衛門を乗せた左久次の舟も同じだった。

日の出前という朝の早い時間帯だったから、目撃者がいなかったのかもしれない。

そう考えるしかなかった。

伝次郎は旅所《たびしょ》橋のそばにある茶店で一休みしていた。横十間川と竪川が交叉《こうさ》している場所である。弓なりに弧を描く旅所橋が、川面に映っている。その橋をわたってくる大八車があった。これでもかというぐらいに米俵を積んでいて、先棒を引く男が足を踏ん張っていた。

その大八車は車輪の音をガラガラと立てて、伝次郎のいる茶店の前を通り過ぎていった。

伝次郎は竪川と横十間川を交互に眺める。一艘の川舟が横十間川を下ってゆき、材木舟が竪川に架かる四ツ目《よつめ》之橋のそばにつけられた。

竪川沿いには材木問屋が多い。そして、河岸場は高く造られている。昔、高潮で被害にあったので、そういう造りになっているのだ。

（あの死体のことがわかれば……）

伝次郎は仁三郎と見つけた斬殺死体のことを思い浮かべた。

あの死体の身許がわかれば真相に迫れるはずだが、それがまったくわからない。代官所に届けるように宝泉院に預けたのがまずかった、といまさらながら舌打ちしたくなる。

だが、町方に調べを頼んでも、おそらく身許はわからなかっただろう。その公算はかなり高いはずだ。

(だったらどうすりゃいい)

伝次郎は鷹のような厳しい目になって、横十間川の南方を見た。その川を下った先に、左久次の水死体が浮かんでいた。

(冷たい冬の川に……)

それは、松倉屋伊右衛門も同じだ。

(そうだ、仁三郎はどうしているだろうか……)

仁三郎には左久次が死んだ日に、左久次の舟を見たものがいないか調べるように頼んでいる。あまりせっつくと、仕事の邪魔になると思って遠慮していたが、どうなっているか気にかかる。

伝次郎は仁三郎を探そうと思った。茶屋を出て、舟に戻ると、「船頭さん、空《あ》いていますか？」と、すぐに声をかけられた。

男女の若い行商人だった。同じように大きな風呂敷包みを背負っていた。猪牙に乗り込んできた二人は、佐久間《さくま》河岸までやってくれという。

伝次郎はすぐに舟を出した。男女の行商人はよくしゃべりあった。女のほうはときどき朗《ほが》らかな声をあげて笑った。話から二人が薬の行商をやっていることがわかった。

市中の薬種屋《やくしゅや》に薬を卸《おろ》し歩いているようだ。つぎは神田佐久間町にある薬種屋に薬を卸したら、上野《うえの》にある宿に帰って、明日は四谷《よつや》方面をまわるらしい。

「四谷の殿様には明日会えるから、それが楽しみだよ」

男が嬉しそうな顔で女を見る。

「わたしもよ。奥様がいつもお駄賃くれますからね」

そのやり取りを聞いていた伝次郎が、

「お客さん、殿様というのはどこの殿様です？」

と、声をかけると、二人が同時に振り返った。

「四谷にお住まいの殿様です。隠居されてますが、とても面倒見のよい方なんです」

女のほうがそう答えた。色は黒いが、愛らしい顔をしていた。

「お大名ですかい？」

「いいえ。お城勤めをされていた旗本《はたもと》ですよ。いまは好きな盆栽をやってお過ごしです」

それを聞いて、伝次郎の中で何かがはじけた。

（そうだったか……）

思わず舌打ちしたほどだった。

松倉屋は大名家の御用商人である。そのために、中川で争っていた侍たちも大名家の人間だと思い込んでいた。しかし、旗本も「殿様」と呼ばれている。

左久次と伊右衛門を殺したのは、旗本家に仕える侍だったのかもしれない。深川には旗本の屋敷が無数にある。松倉屋はその旗本家とも懇意にしているはずだ。

伝次郎は舟足を速めた。早くこの客を降ろして、松倉屋に行ってもう一度話を聞かなければならない。

大川をわたり、神田川を上って佐久間河岸で客を降ろすと、逸《はや》る気持ちを抑えながら、引き返した。

滑るように大川を下り、万年橋をくぐって小名木川に入ったとき、

「伝次郎」

と声をかけてきたものがいた。

そっちを見ると、対岸から一艘の猪牙が近寄ってきた。仁三郎だった。

「何かわかったか」

「わかった。見たやつがいたぜ」

仁三郎は手柄を立てたような得意顔をした。

「ほんとうか……」

「まあ、舟をそっちに寄せてくれ。ここじゃ他の舟の邪魔だ」

いわれるまでもなく、伝次郎は六間堀の入り口に近いところに舟を寄せた。仁三郎もそばに横付けする。

「左久次が死んだ日だ。やつが日の暮れ前に客を乗せていたのを見たものがいた」

「誰だ？」

「吉野《よしの》屋の船頭だ。あの日はひでえ木枯らしだった。それで、舟会所のそばで休ん

でいたそうだ。そんとき、うちの猪牙を見ている。船頭はやけに若い男で、小柄だといった。そりゃあ左久次にちげェねえ。それで侍客を乗せていたという。やけに体の大きい侍だったらしい」

「その船頭は、侍の顔を見たのか？」

大事なことだった。

「いや、それが見てねえんだ。風が強かったから、頭巾を被っていたってんだ」

「頭巾……」

「そうだ。わかったのはそれぐれえだが……」

「その侍客を、左久次はどこで乗せたんだろう？」

「多分、うちの舟着場だろう。近くで体のでかい侍を見たってやつがいたから」

その侍は、左久次が川政の舟着場に帰ってくるのを待っていたのかもしれない。

いや、おそらくそうだろう。

伝次郎は小名木川の東に目を向けた。この川沿いにも聞き込みをすべきだ。左久次の舟を見たものがいるかもしれない。

伝次郎は目を光らせた。

「仁三郎、もうひとつ頼まれてくれ。左久次が死んだ日の夕暮れ、このそばで体の大きな侍を見たものがいるかもしれね。探してくれないか」

「合点《がってん》承知の助だ。こうなったらおれも力になるぜ」

仁三郎は向こう気の強そうな顔に似合わず、聞き上手な男だ。伝次郎はひそかに期待した。

二

伝次郎は川政の舟着場で仁三郎と別れると、その足で松倉屋を訪ねた。帳場で番頭の弁造と帳面付けをしていた伊兵衛は、

「何かありましたか……」

と、伝次郎を見るなり聞いた。

「この店の得意客のことを教えてもらいたい。少し暇をもらえるか」

「それなら奥に。番頭さん、あとはまかせるよ」

伊兵衛はそういってから、「では、こちらへ」と、伝次郎をいざなった。

「ご贔屓のいったいどなたをお知りになりたいので……」

「松倉屋が大名家を得意客にしているのは聞いたが、旗本家とも付き合いがあるのではないか」

「もちろんございます。そのほとんどの殿様は、おとっつぁんがわたりをつけてくれたんです。ま、大名家の御用達商という看板があるのでやりやすかったんでしょう。松倉屋が大きくなったのは、おとっつぁんのおかげなんです。わたしはそのまま後を継いでいるだけで……」

「贔屓の旗本家は多いのか？」

伝次郎は伊兵衛の話を遮って聞いた。

「多くはございません。殿様相手の商売はありがたいのではございますが、なにせ気苦労が多ございますので、親しくさせていただいてるのは五家のみです」

「教えてくれ」

伊兵衛は付き合いのある五つの旗本の名を口にした。

「大旦那は、目はよかったか？」

唐突な問いかけに、伊兵衛は面食らった顔をする。

「目でございますか……。老眼を患《わずら》っていましたが、遠くはよく見えるといっておりました。でも、どういうことでしょう……」

「中川の釣り場で大旦那は侍の争う声を聞いている。そして、その場所からさほど離れていない岸辺に一艘の舟が繋がれていた。舟には鑑札《かんさつ》がいる。それにはお上《かみ》の刻印が打たれるのは知ってるだろうが、大名家にかぎらず旗本家の使う舟にも家紋が印される。すべてとはいわねえが、多くがそうだ」

「はあ……」

「大旦那はその舟に印された家紋を見て、どこの家中のものたちが争っていたのか、気づいたのかもしれねえ。いや、おそらくそうだろう。そして、左久次が舟を引き返したとき、ひとりの侍が、大旦那と左久次を見ている。左久次はその侍の顔を知らなかったから、覚えがなかった。だが、大旦那は気づいたんだ。よく知っている人間なら、少し遠いところからでも、たとえ顔がわからなくても、その姿だけで見当をつけることができる」

「たしかにおっしゃることはわかります」

「大旦那はどこの侍なのか、あのときすでに気づいていた。だから、左久次に酒手をはずんで口止めをしたんだ」

「なぜ、口止めなんかを……」

「先走って的外れな噂を流せば、相手に迷惑をかけるかもしれねえ。そうなりゃ、商売に障《さわ》ると考えたのかもしれねえ。だから、左久次に口止めをした。何もなければ、そのまま忘れりゃすむことだ」

伊兵衛はようやく得心《とくしん》のいった顔になって、

「だから、おとっつぁんは、あんなことをいったのか……」

と、独り言のようにつぶやいた。

伊兵衛が何を思いだしているのか、伝次郎にもわかった。

——殿様相手の商売あってのうちだが、見なくていいものを見、知らなくていいことを知ることがある。わたしは口を堅く閉ざしているので、おまえに迷惑はかからないと思うが、気配りを怠っちゃだめだよ。

死の前日、伊右衛門は倅《せがれ》の伊兵衛にそんなことを口走っている。

「伝次郎さん、するとおとっつぁんは、得意先の旗本に殺されたということでしょうか……」

伊兵衛は恐怖したような目で伝次郎を見る。

「そりゃわからねえ。相手は大名家だったのかもしれねえ。その辺はまだわからねえことだ」

伊兵衛は膝許に視線を落として、しばらく黙り込んだ。

その心中を察した伝次郎は口を開いた。

「やめるのならいまだ。大名家や旗本家に探りを入れるのは難しい。そして、おれはおそらく、そのどっちかの人間が下手人だと思う。はっきりそうだと決めつけるわけじゃねえが、これは危ねえ綱渡りだ。伊兵衛の旦那、あんたがやめるっていうんなら、おれはこのまま手を引く。それが利口なのかもしれねえ」

伊兵衛の顔が、ゆっくり持ちあがったのはすぐだった。まっすぐ伝次郎を見てくる。

「わたしは、おとっつぁんが単なる事故で死んだというのが信じられません。きっと裏には何かあるはずです。それは、中川の釣り場で聞いた争う声だったと思うのです。もし殺されたのなら、たとえ大名の家来でも旗本の家来でも、許すことはできません」

「……………」

「もちろん、わたしが父親思いだから、そんなことを考えるのかもしれませんが、殺されたのか、ほんとうに事故だったのか、はっきり知りたいのです」

「もし、殺されたとわかったらどうする？」

「……そのときは」

伊兵衛はそのままきつく口を閉じ、押し黙った。

「訴えるか？」

「わかりません。だけど、真相だけは知りとうございます」

つまり、伊兵衛は調べをつづけてくれといっているのだ。

「わかった。だが、これは肚をくってやらなきゃならねえことだ。このこと決して人に漏らすな」

「承知しております」

伝次郎はもう一度、得意先の旗本家の名を聞き、忘れないように半紙に書き取った。

松倉屋を出ると、そのまま自分の舟に戻った。

櫓床《ろどこ》に腰をおろし、遠くを眺める。寒々しい空に、櫛《くし》で引っ掻いたような雲が浮かんでいた。

伝次郎は昔のことを思い出した。自分が町奉行所を去るきっかけになったことだ。凶悪な下手人の津久間《つくま》戒蔵《かいぞう》を追って武家屋敷に飛び込み、捕り物騒ぎを起こした。どんな罪人であろうと、武家屋敷に逃げ込んだものを捕縛《ほばく》する場合は、その屋敷のものに頼んで捕縛してもらい、門前で引きわたしてもらうというのが本則である。しかし、伝次郎たち捕り方はそれを守らなかったばかりか、津久間が逃げ込んだのは幕閣内でもうるさ型の大目付《おおめつけ》・松浦《まつうら》伊勢守《いせのかみ》の屋敷だったから、謝罪だけではすまされず、誰かが責任を取らなければならなくなった。

それがために、伝次郎は町奉行所を去ったのである。

ふうと、ため息を漏らした伝次郎は、

(厄介《やっかい》なことを引き受けちまった)

と、内心でぼやいた。だが、伊兵衛の気持ちもわかるし、政五郎からの頼みもある。

結局は、

（このままじゃ引けねえってことか……）

ということである。

伝次郎は懐から書き付けを出して眺めた。伊兵衛から教えてもらった五人の旗本の名が書かれている。

三

旗本家を調べるのに、多くの時間は要しなかった。

そして、伝次郎は五家の中から二人の旗本に目をつけた。

ひとりは河野只三郎《こうのただざぶろう》、もうひとりは永田幸四郎《ながたこうしろう》という旗本だった。

理由は、その二人の旗本屋敷には舟着場があったからである。他の三人は河川から少し内陸に入った場所に屋敷があり、舟の所有はないとみたからだ。もちろん、伝次郎はその裏付けを取るのも忘れなかった。

河野只三郎の屋敷は、小名木川からの入り堀に面するところに屋敷があった。霊巌寺《れいがんじ》の北である。

永田幸四郎の屋敷は、六間堀に面していた。伝次郎が舟着場にしている山城橋のたもとから南へ下ったところである。

そして、伝次郎は河野只三郎に目をつけた。

理由は家紋である。河野家は三つ巴《みどもえ》というわかりやすい家紋だが、永田家の家紋は丸に五葉茗荷《ごようみょうが》という複雑なものだった。こちらの家紋は、遠くから眺めると丸に揚羽蝶《あげはちょう》、あるいは丸に抱き茗荷などという家紋に見まちがえやすい。

年寄りの伊右衛門がいくら目がよかったといっても、そこまで見分けはつかなかったはずだ。しかし、三つ巴なら多少離れていてもわかりやすい。

ところが家紋だけでいうなら、松倉屋が御用達をしている大名家の家紋もわかりやすいということが判明した。

掛川藩太田家は丸に桔梗《ききょう》、浜松藩水野家は水沢瀉《みずおもだか》で、いずれも複雑ではない。さらにその両家にも舟着場あるいは荷揚場があり、舟を所有しているのだ。

さて、そこまで調べた伝次郎だが、

(これからが厄介なところだ)

と、唇を引き結ぶ。

河野家ではないかと見当をつけたが、そのじつ大名家かもしれないのだ。ただし、大名家よりは河野家のほうが探りは入れやすい。

伝次郎は松田久蔵の協力を頼むために、大川を渡り、日本橋川を上り楓川に架かる海賊《かいぞく》橋のたもとに舟をつけて八丁堀に入った。

久しぶりの土地に足を踏み入れるのだが、かつて伝次郎の組屋敷もそこにあった。故郷に帰ってきたような妙な感慨を覚えた。

職人のなりで歩く伝次郎は、知った人間には会いたくないので頰被りをしている。

松田久蔵の組屋敷は、亀島町《かめじまちょう》にあった。木戸門を引き開けて庭に入ると、一度足を止めた。冬場なので玄関の戸は閉められている。庭にも人の姿はなかった。

「ごめんください。お頼みいたします」

玄関前に立って声をかけた。

しばらくの間を置いて、家の奥から声が返ってきた。

「いままいります」

男の声だった。

伝次郎が空咳をひとつすると、戸がするすると開いた。とたん、相手が「あッ」

と驚いた。庄吉《しょうきち》という中間《ちゅうげん》だった。

「これは沢村の旦那じゃございませんか……」

「元気そうだな。ちょいと急いでるんだが、松田さんがどこにいるか見当つかないか？」

「旦那は火付けを探していまして、ここ数日は富沢町《とみざわちょう》の番屋を連絡場《つなぎ》にされています」

「富沢町の番屋だな」

「さようです」

「奥方もお出かけか？」

伝次郎は家の奥を見てから聞いた。庄吉は買い物に出かけたといった。

「挨拶もできねえが、よろしくいっておいてくれ」

「あ、もう行かれるんで。お茶ぐらいどうです」

庄吉は引き止めようとしたが、

「悪いが急いでいるんだ」

伝次郎はそのまま久蔵の屋敷を出た。

富沢町まで歩こうか少し迷ったが、あとのことを考えて舟で行くことにした。日本橋川を下ると、箱崎川を経由して浜町堀《はまちょうぼり》に入り、栄《さかえ》橋の手前に舟をつけた。

そのまま富沢町の自身番に足を向けたが、詰めている書役も店番もよく知っているものたちだ。少し躊躇ったが、「ええい、ままよ」とばかりに足を踏み出した。

ところが具合よく自身番前の床几《しょうぎ》に、久蔵の小者・八兵衛が座っていた。

「八兵衛」

声をかけると、ひょいと顔をあげて目をみはった。

「松田さんはいるか？」

「へえ、いま調べをしていますが……」

「邪魔しちゃ悪いが、ちょいと呼んでくれ」

八兵衛はさっと立ちあがると、自身番に飛び込むように入った。短いやり取りが聞こえてきて、久蔵が出てきた。

「取り調べの最中に申しわけありません。なんでも火付けを探しているそうですね」

「いま、そやつを引っ捕らえたばかりだ。それよりなんだ？」

「深川に河野只三郎という旗本がいます。その人のことを知りたいんです。お手を煩《わずら》わせますが、わかるだけでいいので、調べてもらえませんか」

「例の件だな」

「はい」

「わかった。取り込んでいるので、いますぐってわけにはいかぬが、調べ次第使いを走らせる。おぬしの家でよいか？」

伝次郎は一度空を眺めた。知らせがあるとしても、夕方以降になると思ったので、

「深川元町《もとちょう》に〝ちぐさ〟という飯屋があります。そこで結構です」

と、答えた。

「わかった。おまえの話も聞きたいが、それはいずれじっくり聞かせてくれ」

「承知しました」

伝次郎はそのまま深川に引き返した。

川政の舟着場に舟を舫ったのは、夕七つ（午後四時）近い時刻だった。

日が暮れるまで小名木川沿いに聞き込みをかけるつもりだった。

左久次は死んだ日の夕暮れに、ひとりの侍を舟に乗せている。その姿を見たものがいるかもしれない。もし、そのものが左久次の乗せた侍を知っていれば、調べにはずみがつく。もっともかすかな希望であるが、やるだけのことはやらなければならない。

伝次郎はそんな心意気になっている自分に気づき、

(おれは町方の垢《あか》を、すっかり落とし切っていねえんだな)

と、内心でつぶやき苦笑した。

「伝次郎」

と、声をかけられたのは、高橋をわたり、小名木川沿いの河岸道に出たところだった。

声をかけてきたのは仁三郎だった。すぐ先の路地から出てきたばかりで、駆け寄ってくるなり、

「わかったぜ。体のでけえ侍のことが」

仁三郎はそういった。

四

「うちの舟着場のそばに煙草屋があるだろう。あの店の女房が、その侍を見ていたんだ。左久次が殺された日だ」

「まちがいないな」

「まちがえようがねえ。あの日は木枯らしが強かった。それで煙草屋の床几が風で飛ばされて、舟着場まで転がったらしいんだ。それを左久次が拾ったんだが、今度は隣の店の葦簀《よしず》が高橋のほうまで飛ばされて、それも左久次が取りに行ってやったらしい。そんなことがあって、煙草屋の女房は左久次が仕事から帰ってくると、饅《まん》頭《じゆう》をやろうと思って待っていた。それで夕方、左久次が戻ってきたんで女房が腰をあげて、声をかけようとしたら、その体のでけえ侍が、左久次に声をかけて、そのまま舟に乗り込んで高橋をくぐって行っちまったというんだ。煙草屋の女房はうす暗くなりはじめた七つ（午後四時）過ぎだったと、そんなことも覚えていた」

「で、その侍のことは……」

「顔も覚えちゃいねえし、名前もわからねえ。侍だが、身なりから浪人にも見えたらしい。それで他にその侍を見たやつがいねえか聞きまわっていたんだ」

「感心だ」

伝次郎が褒めると、仁三郎は「へへへ」と照れ笑いをした。

「それでその侍を見たものが他にも……」

「いや、その侍を見たのは煙草屋の女房だけだ」

「……そうか」

伝次郎は河岸道沿いにある店を眺めた。多くはない。そばの町屋はすぐ途切れ、つぎの町は元石置場の先だ。その町も大きくはなく、あとは大名家の屋敷で新高橋のそばまで行くなどしないと町屋はない。

「その体の大きな侍は、左久次が帰ってくるのを待っていたんだろう。するってェと、川政の近所で待っていたのかもしれねえ」

「そうだな」

「悪いが、ちょっとそっちをあたってくれねえか」

「いいさ。で、おめえはどうすんだ？」

「新高橋のほうに行ってみる。仁三郎、仕事を放《ほ》ったらかしにしてんじゃねえか。だったら悪いな」

「気にすんな。ちゃんと、やるこたァやってるさ」

仁三郎はニヤリと笑う。

伝次郎は仁三郎と別れると、そのまま河岸道沿いにある店に聞き込みをしていった。新高橋まで足を進めたが、左久次を見たというものはいなかった。念のために大横《おおよこ》川に架かる扇《おうぎ》橋を渡った町でも聞いたが、やはり結果は同じだった。

もうその頃になると、すっかり日が暮れ、あたりは暗くなっていた。冷たい川風が足許から這い上がってきて、身をふるわせた。

伝次郎はそのまま来た道を引き返した。河岸道には仕事帰りの職人の姿が見られた。近所の大名家の勤番侍《きんばんざむらい》たちにも出会ったが、とくに体の大きな男はいなかった。

そのまま歩いていると、高橋をわたってきたばかりのおかるにばったり出くわした。

「ちょうどよいところで会った」

肩をすぼめ、下を向いていたおかるの顔があがり、小さく驚いた。

「いま帰りか？」

「今日は暇なので、帰っていいといわれたんです」

「もう一度、左久次から聞いた話を聞かせてくれないか。手間は取らせねえ」

「はい」

おかるは殊勝《しゅしょう》にうなずく。伝次郎は近くの茶屋におかるを誘って、同じ床几に並んで腰をおろした。

「左久次から聞いた話だが、舟を引き返したときに侍を見たといったらしいな。そのとき、どんな侍だったか、そのことを話していないか？」

「……いいえ。ただ、お侍が舟に戻ってきて、こっちを見たといっただけです」

「左久次は侍同士の争う声を聞いているが、侍はどんな話をしていたんだろう」

伝次郎はおかるの横顔を見つめる。おかるはどこか遠くを見る目になって、記憶の糸を手繰《たぐ》っていた。

「思いだせねえか……」

もはや、その話はおかるから聞くしかない。伊右衛門も争っていた侍たちの交わした言葉に、なにか危機を感じたのかもしれないが、肝心の伊右衛門はいまはこの世の人間ではない。

「それともそんな話はしなかったか……」

伝次郎が声をかけると、おかるがゆっくり顔を向けてきた。

「たしか……。ただではすまさないとか、覚悟しろとか怒鳴っている侍がいて、別の侍は、自分はまちがっていない……黙ってはいないとか、そんなことを聞いたと……でも、はっきり聞いてはいないと、そんなことをいってました」

「他には……」

「聞いてません」

「どこの侍なのか、それもわからないのだな」

「わからなかったようです」

「侍が何人いたか、そのことはどうだ？」

「姿を見ていないので、たしか三人か四人だったんじゃないかって……舟に戻ってきた侍はひとりだったらしいですけど……」

「ひょっとしてその侍は体が大きかったとかは……」

おかるは首をかしげて、わからないといった。

もっといろいろと知りたいのだが、左久次がおかるに話したことは少なかった。

おかると別れた伝次郎は、左久次が聞いた言葉を頭の中で反芻《はんすう》した。

(ただではすまさない、覚悟しろ……そう怒鳴った侍がいて、もうひとりは自分はまちがっていない……黙っていないといったという……)

斬られた侍は、他のものたちの不正を糾《ただ》そうとしたのかもしれない。引っかかりはするが、正味のところはわからない。

そのまま舟に戻るつもりだったが、千草の店に足を運んだ。すると、店に政五郎の姿があった。伝次郎がいつも座る小上がりに、どっかりあぐらを掻いていた。

五

「今日あたり会えると思ったんだ」

政五郎はそんなことをいって、伝次郎を自分の席にいざなった。

「冷えてきたな」

「へえ、日増しに寒さが厳しくなってきやす。千草、熱燗を頼む」

伝次郎は手をこすりあわせて、政五郎に顔を戻した。土間席では、顔見知りの職人三人が好きなことを喋《しゃべ》くって酒を飲んでいた。

「何かわかったか？」

政五郎が自分の酒を、伝次郎につぐ。

「まだこれといったことはわかってませんが、仁三郎が手助けしてくれます」

「仁三郎が……」

伝次郎は仁三郎の助っ人ぶりを話してから、

「無茶はさせられないんで、そろそろ手を引いてもらおうと思ってます」

といった。

「おれも何か手伝いてェんだが、なにかと店が大変でな」

そこへ千草が熱燗を運んできた。少し熱すぎるかもといって、伝次郎に酌をする。

今日は、お幸はいなかった。

「お邪魔しちゃ悪いから、引っ込んでますけど、何か作りますか」

「適当に見繕ってくれ」

伝次郎が応じると、千草はすっと意味深な目を向けて、台所に下がった。

「大変だというのはなんです？」

伝次郎は政五郎に酌をして訊ねた。

「まあ、店のやりくりだ。おまえさんにいっても埒《らち》もないことだが、暮れまでに借金を返さなきゃならねえ」

「借金……」

「今年、舟を入れ替え、二階を改築したんだが、思いの外かかっちまって金を借りたんだが、暮れまでに返すことになってる。それがうまくいかねえんだ。まあ、それはおれの見込みちがいだったんだが……」

まったくうまくいかねえ、と政五郎は舌打ちして酒を飲んだ。ガラリと戸が開いて、客が入ってきたが、それは貫太郎《かんたろう》という松田久蔵の小者だった。

伝次郎を見ると、すぐそばにやってきて、旦那からの言付けですという。

「わかったんだな。ま、こっちにあがれ」

「へえ、用件だけ手短に伝えて、あっしは帰りますんで、どうぞお気遣いなく」

貫太郎はそう断ってから、河野只三郎という旗本について話した。

河野は小十人組《こじゅうにんぐみ》の組頭《くみがしら》だったが、いまは非役になり小普請《こぶしん》入りをしている。家禄は千二百石で、年は五十歳。

「屋敷雇いの侍のことは？」

「それは河野家次第なので、詳しいことはわかりません。ただ、小普請入りをされていますから多くはないでしょう。わかったことは少ないですが、旦那は手が空けばもっと調べてもよいとおっしゃってます」

「あとのことはこっちでやる。松田さんに礼をいっておいてくれ」

伝次郎は急いで財布から心付けの小粒（一分金）を取り出して、貫太郎にわたした。

「河野っていう旗本がどうかしたのか？」

貫太郎が店を出て行ったあとで、政五郎が訊ねた。

「左久次と松倉屋の大旦那は、中川の釣り場で侍同士の争う声を聞いてます。そのとき、川岸に一艘の舟がありました。それは話してますが、ひょっとすると河野家の家中の侍だったかもしれないんです」

なぜ、そこに目をつけたかを、伝次郎は話した。

「河野の殿様も松倉屋のお得意というわけか。それじゃ、大旦那を知っていてもちっともおかしくねえな」

「家中で何か揉め事があったのかもしれません。それで見られたり聞かれたりしてはまずいことを、大旦那と左久次が見たり聞いたりしてしまったのかもしれないんですが、左久次が聞いたことは少ないんです。だけど、大旦那は何か気づいたのかもしれません」

「跡継ぎの旦那は、そのことを……」

「大旦那からは何も聞いていないようなので、何も知らないんでしょう」

「伝次郎、おれは無理な頼みをしてるんじゃ……」

「いまさら何をおっしゃいます。おれもあれこれ調べているうちに、腑《ふ》に落ちないことがでてきたんです。できるところまでやってみますよ」

「申しわけねえ」

「政五郎さん、らしくないですよ」

頭を下げる政五郎に、伝次郎は苦笑を浮かべた。だが、いつもでんと構えている政五郎らしくないのが気にかかった。

「さっき借金があるとおっしゃいましたが、金の工面が難しいんで……」

「まあ、そんなこたァ、おまえさんに愚痴ることじゃねえ。何とかなるさ」

政五郎は酒に口をつける。

「いったい、いかほど暮れまでに返さなきゃならないんです。ま、そんなこと聞いても力にはなれませんが……」

「みっともねえ話だ。おめえだからいうが、うちのもんにゃこれだぜ」

政五郎は唇の前に指を立てて、「ざっと三百両ばかりだ」といった。

「そんなに」

伝次郎は驚きに目をみはった。

「あれこれ掛け合ってみちゃいるが、なかなかうまくいかねえ。しがないご時世だから、どこも苦しいようだ」

「踏ん張りどころってわけですか」

「まあ、そういうこった。おめえさんの心配することじゃねえ。さあ」

政五郎が酒を勧めた。

「明日は釣り場の近くにある寺を、もう一度訪ねてみます。代官所の調べがどこまで進んでいるか、気にかかりますからね」

伝次郎は酒を飲んでいった。

「見つけた死体の身許がわかってりゃいいな」

「そうなれば、調べは早いでしょうが、どうなっているか……」

伝次郎は宙の一点を見る。

代官所の調べには期待できない。おそらく動いているのは、代官付きの手付だろう。手付は町奉行所の同心のような機動力もなければ、捜査能力も劣る。とおりいっぺんの調べで片づけている可能性が高い。

だからといって手掛かりをつかんでいないとはいえない。

六

翌朝、まだ霧の残っている竪川を、伝次郎の猪牙はゆっくり進んでいた。

東の空に浮かぶ雲が紅色に染まっている。雲をわけて朝の光が、地上にのびてくるまでほどないだろう。伝次郎が棹を差し替えるたびに、鏡面のような穏やかな川面に波紋が広がっていた。

伝次郎は仁三郎から、松倉屋伊右衛門が中川の釣り場へ行く経路を聞いていた。ひとつは川政の舟着場から小名木川を東へ行き、新高橋から大横川に入って竪川を辿《たど》る。もうひとつは、小名木川をさらに進み、横十間川から竪川を辿る経路だった。件《くだん》の日に、左久次がどの経路を使ったかはわかっていないが、伝次郎は自分の舟着場から、そのまま竪川を辿って中川に出た。

中川は流れが少し速くなるが、舟を進めるのに櫓を使うほどでもない。川岸の藪の中に鳥たちの姿が見える。ホオジロだった。

舟を宝泉院側の岸につけると、そのまま藪をかきわけ土手道に出た。すでに霧は晴れ、まぶしい冬の日が地上を満たしはじめていた。

宝泉院の山門をくぐると、数日前に会ったばかりの住職が庭掃除をしていた。伝次郎の姿を認めると、動かしていた箒《ほうき》の手を止めて、これは先日の船頭さん、と先に声をかけてきた。

「朝早くから申しわけないですが、先日の死体のことは何かわかりましたか?」

「ああ、あれですか。早速お代官の手付がやって来て、あれこれ調べて行きましたが、まだ何もわかっていないようです。ただ、村のものに配ってくれといってあの死体の似面絵《にづらえ》を持ってきました」

「似面絵……そりゃあまだありますか？」

「ああ、五、六枚残っていますよ」

「それじゃ一枚もらえませんか」

「一枚といわず二枚でも三枚でも持っていってください。仏の身許がわかれば供養のしようもあるというものです」

それじゃこっちへといって、住職は庫裡《くり》に案内し、似面絵を渡してくれた。

死体の顔を描いたものだから、目は閉じているが、うまく描けている絵だった。

伝次郎は住職の言葉に甘えて三枚をもらい、代官の手付が手掛かりをつかんでいないかと聞いたが、首は横に振られるだけだった。

「あれは村のものじゃないでしょう。誰も知った顔じゃないといいますからね。江戸からやって来て、それで殺されたんじゃないかと……。いえ、はっきりそうだとはいいませんが、近くで殺しがあるなんて気味のいいものじゃありません」

「仏が着ていた着物もなにも見つかっちゃいないんですね」

「見つかってれば、何か代官所からいってくるはずです。それに村のものもその辺を探しましたが、何もなかったといいます」

「さようですか……。一応御番所の同心にも知らせたんですけど、こっちは代官領ですから、詳しい調べはできないようです」

「とにかく早く真相を突き止めてほしいもんです」

それから住職は短い世間話をしたが、伝次郎は適当に相づちを打って、舟に戻った。

（手掛かりはこれだけか……）

心中でつぶやき、住職からもらった似面絵に視線を落とす。ざんばらの髪に、目をつむった死に顔である。年は三十前後と思われるが、もっと若いかもしれないし、年を取っているかもしれない。

しかし、松倉屋の贔屓筋の屋敷侍なら、高橋界隈の店に出入りしている可能性が高い。そこから身許がわかるかもしれない。

そう思う伝次郎は、松倉屋を訪ねた。すでに店の暖簾は掛けてあり、帳場には見知った番頭が座っていて、伝次郎を見るなり、旦那様ですねと心得顔で奥に呼びにいった。

すぐに伊兵衛が姿をあらわし、何かわかりましたかと聞いてくる。

「これが殺された男の似面絵なんだが、心あたりないだろうか……」

伝次郎が住職からもらった似面絵を見せると、伊兵衛は番頭の弁造に、見覚えはないかと聞いた。弁造が首を横に振ると、伊兵衛は他の奉公人にも聞いてくれたが、やはりみんなわからないと首をかしげるだけだった。

(この近所のものじゃないのか……)

「得意先の旗本屋敷や大名家に、体の大きな男はいないだろうか？」

伝次郎は伊兵衛に聞いた。

「大きな人はいますが、どれほど大きい人でしょう」

「とにかく大きな男だ。例えば、河野只三郎様の家中にそんな侍はいないだろうか」

伝次郎は伊兵衛だけでなく、弁造にも真剣な目を向ける。

「体の大きなお侍はいらっしゃると思いますが、伝次郎さんより大きな人ということでしょうか？」

いわれた伝次郎は考えてみた。自分も大柄なほうだが、河岸道から舟に乗っている男を見て、一目で大柄だなと感じさせるには、六尺（約一八二センチ）近い男ではないだろうか。

「多分、六尺ぐらいはあると思う」

「そうなると、どうでしょうね。河野のお殿様のお屋敷では見たことありませんね」

それは他の大名家でも旗本家でも同じだという。これでは埒があかない。

「これを一枚置いていくので、心あたりがあるというものがいたら教えてくれ」

伝次郎は伊兵衛に似面絵をわたして松倉屋を出た。

そのまま、千草の店に足を運んだ。千草は店の戸を開け放って、掃除をしていた。

「あら」

手拭いを姉さん被りにして、前垂れをしている千草が、振り返って見てきた。

「こんな男を見たことはないか？」

伝次郎は前置きなしに、似面絵を見せた。

「この人が……」

伝次郎を見た千草は、すぐ似面絵に視線を落とした。ためつすがめつしたあとで、客にはいないという。

「近所でも見たことはない気がしますけど……。もしかして、この人が……」

「殺された男だ。とにかく一枚置いていくから、聞いてくれないか。ただし、めったやたらに聞かれちゃ困る。信用のおける人間だけにしてくれ。下手人に知られたらまずいことになるからな」

「心得ています」

そのまま伝次郎が行こうとすると、待って、と千草が声をかけてきた。目に不安の色を浮かべている。

「無理はだめよ」

「……わかってるさ」

七

川政の近くにある煙草屋の女房は、お梅《うめ》という五十過ぎの年寄りで、伝次郎もときどきその店で煙草を買うことがある。

「この人……さあ、見たことないねえ。いったい誰なのさ?」

お梅は目をしょぼつかせて、似面絵から伝次郎に視線を移す。

「それがわかってりゃ、こんなこと聞きゃしねえさ。それで、左久次のことだが、件の日に大きな侍を乗せたそうだが、それは覚えてるだろう」

「そりゃ忘れもしませんよ。あんなやさしい船頭が死ぬなんて思いもしないからねえ」

「そんときの侍の顔を覚えているか?」

「顔は見えなかったけど、体は大きかったよ。あんたよりひとまわりは大きかったんじゃないかしら」

お梅は白髪頭《しらが》を引っ掻きながらいう。

「すると大きいというのは、身幅《みはば》も丈《たけ》もあったってことか」

「そうね、恰幅《かっぷく》のいいお侍だったよ」

お梅からはそれ以上のことは聞けなかった。だが、その侍はなんとしてでも見つけなければならない。

左久次は小柄な男だった。そして、その左久次が乗せた客の侍は、恰幅がよかった。伝次郎よりひとまわりも大きいとなれば、それだけ力もあるはずだ。殺しに得《え》物《もの》はいらないだろう。力にものをいわせ、左久次を押さえつけて、水の中に沈めたのかもしれない。

しかし、乗っていた左久次の舟から逃げなければならない。泳いだのか、それとも別の舟をそばに用意していた。あるいは、仲間の舟がやって来て、それで逃げたのかもしれない。

いろんな推量がはたらくが、実際のところはわからない。まったく別の方法で殺したのかもしれない。だが、計画的に仕組まれた殺しと考えていいはずだ。

伝次郎は昨日の夕方聞き込みをした河岸道に足を運び、昨日聞くことのできなかった店を中心に虱潰《しらみつぶ》しにあたっていった。行き会う行商人にも声をかけ、念のために似面絵も見てもらったが、死んだ男を知っているものはいなかった。

そうこうしているうちに昼になり、知らぬ間に鼠《ねずみ》色の雲が空を覆《おお》いはじめていた。伝次郎は小腹を満たすために、高橋のそばにある飯屋に入った。

注文をして飯が運ばれてくる間も、左久次と伊右衛門のことが頭から離れない。

伊右衛門は単なる事故だったとしても、左久次が水死するというのはどうにも考えられないことだ。

何度も殺された男の似面絵を見ては、格子窓《こうしまど》から外を眺める。四人の侍が連れだって、高橋をわたっていくのが見えた。

（体の大きな男……）

胸中でつぶやいて、離れつつある四人の侍を見送るが、そのなかにひときわ体の大きな男はいなかった。

聞き込みはあらかた終わっている。あとやることといえば、河野只三郎の屋敷を見張ることである。その屋敷は高橋の通り沿いにあり、屋敷の裏には舟着場がある。

飯が運ばれてくると、味わうこともせず腹に詰め込んで店を出た。

そのまま、河野只三郎の屋敷前にある茶店に入って見張りをはじめた。

日はゆっくり西にまわり込み、それとともに影が移動していく。伝次郎は河野只三郎の屋敷の表門に目を注ぎつづけるが、出入りはない。半刻（一時間）たっても、表門も脇の潜り戸《くぐど》も開かなかった。行商人や職人、あるいは商家の小僧などが目の前を通り過ぎていく。

見張りは忍耐である。あきらめたらそこで終わる。町奉行所時代に、無駄な見張りは飽きるほどやった。それでも罪人を捕縛するためには欠かせない辛抱《しんぼう》仕事だった。

しかし、時間は無為に過ぎてゆくだけだ。千草のことや、借金返済に困っている政五郎のことを思ったりする。左久次に先立たれたおかるの腹には、新しい命が宿っている。女手ひとつで、子供を育てる大変さを心配もする。

暇にあかせてまとまりのつかないことが、つぎからつぎへと浮かんでは消えていく。気がついたときには、もう日の暮れ前だった。

ひとりで調べを進めるのは骨が折れる。こういったとき、小者や手先がいれば楽なのだと思うが、もうそんなことを望める立場ではない。

伝次郎は河野家の母屋《おもや》を眺めた。瓦屋根が西日を照り返していた。だが、それも弱々しい冬の光だ。空を数羽の鴉《からす》が飛び去っていくのを見たとき、伝次郎は長居をした茶店を出て、川政の舟着場に置いている自分の舟に戻った。

「伝次郎さん」

声をかけられたのは舫をほどこうとしたときだった。着物の裾をちょいと持ちあげて、雁木を下りてくる女がいた。伊右衛門の愛妾《あいしょう》・お高だった。

「お高さん……。どうしました？」

「思い出したんです」

お高はそういって、伝次郎のそばに来た。

「あの日、旦那と一緒した晩のことです。中村屋で出された料理を楽しんでいるときに、大旦那が口にされたことを思い出したんです。いままで気にも留めていなかったんですが、はたと気づきまして……」

「なんだね？」

「大旦那が、面倒を見てくれそうな殿様がいる。おまえさえよければ話をしてもいいとおっしゃったんです。わたしはそんな気などないから、笑い飛ばしたんです。話はそれで終わったんですけれど、帰りがけにさっきの殿様ってどこのお方かしら、とわたしが訊ねたんです。すると大旦那は、旗本の雨宮文蔵《あまみやぶんぞう》様といったんです。なんだ、気になるのかと、今度は大旦那のほうが誤魔化《ごまか》すように笑われたんです」

「雨宮文蔵……」

伝次郎はどこかで聞いた名だと思って、ハッとなった。伊兵衛から聞いた旗本だった。舟着場を持っていない旗本だから、真っ先に調べから外したのだった。

「何にもならないかもしれませんが、気になって伝次郎さんを探していたんです。他の船頭さんに聞くと、ここで待っていれば会えると教えられまして……」

「いいことを思い出してくれた。ものはついでだが、この男に見覚えはないか？」

例の似面絵だった。お高はそれに視線を落としたが、

「さあ、知っている人ではありませんが、この人は……」

と、問うた。

「知らなきゃいい。また何か思い出すようなことがあったら知らせてくれ」

伝次郎は礼をいうなり、雁木を駆けあがり雨宮文蔵の屋敷に足を急がせた。一度見に行った屋敷だから、足に迷いはなかった。

そこは深川八名川町《やながわちょう》の西側で、御籾蔵《おもみぐら》の北である。屋敷前に来たときだった。表門脇の潜り戸から三人の侍が出てきた。それぞれに提灯をさげていて、新大橋のほうに足を向ける。

伝次郎はその三人のなかに、ひときわ体の大きな男を見出《みいだ》していた。胸板の厚い背の高い男だった。

（あやつか……）

伝次郎は男の広い背中を凝視《ぎようし》した。

第五章　迷走

一

三人の男は新大橋をわたると、武家屋敷地を抜け、浜町堀に架かる組合橋《くみあい》をわたり、松島町《まつしまちょう》に入った。この町は五区画あり、周囲は武家地に囲まれている。そのせいか夜商いの店に出入りする武家が多い。

三人が入ったのは松島稲荷《いなり》に近い料理屋だった。そのあたりを、土地のものは稲荷前と呼んでいる。

すでに日は没しはじめており、料理屋や居酒屋などの軒行灯のあかりが、うす闇の中に白々とした光を点している。

伝次郎は自分の身なりを考えた。股引に半纏、それに小袖を尻からげにしている。三人の入った小料理屋には相応《ふさわ》しくないなりだ。店に入れば、目立つ客になるだろう。

どうしようか迷った。着替えに戻るには時間がかかりすぎる。思い切って入ってみるかと躊躇う。と、職人とおぼしき二人連れの客がその店に入っていった。

（かまうことはないか……）

そう思って暖簾をくぐり、店に入った。小座敷と土間席のある小ぎれいな店だった。広さは千草の店の二倍ほどだろうか。

例の三人組は小座敷の隅に座っている。窓のそばだ。伝次郎は店の様子を素早く見ると、二人組の職人と同じ土間席に座り、やってきた仲居に酒を注文した。肴はお通しだけで十分だ。

すぐに酒とお通しが運ばれてきた。お通しの小椀には、衣《きぬ》かつぎ二個。

三人組はすっかりくつろいでいる。しかし、交わす声は聞こえてこない。三人とも声をひそめているのだ。ときどきにやけたように笑ったり、小さく膝をたたいたりしている。

伝次郎は三人の顔を脳裏に焼きつけた。三人の席のそばには櫺子《れんじ》格子の窓がある。風が冷たくなっているので、窓は閉じられている。

伝次郎は一気に酒を飲みほすと、目立たないように勘定《かんじょう》をすませて表に出た。すでにあたりは暗くなっていた。店の脇に猫道《ねこみち》がある。あたりを見て、暗い猫道に体を滑り込ませ、三人の座っているそばまで行く。窓の下で身をかがめ、聞き耳を立てる。

小半刻ほどしゃがんで三人の声を拾うが、愚にもつかぬ他愛《たわい》のない話ばかりだ。しかし、三人の名前がわかった。

石倉《いしくら》・木之内《きのうち》・須山《すやま》。三人とも雨宮家に雇われている侍である。つまり、無役の御家人《ごけにん》であろう。

「……年が明ければ殿様は晴れてお役目に就かれる。おれたちも少しは浮かばれるというものだ」

「しかし、うまくおこぼれに与《あずか》ればよいが、どうなるかわからぬぞ」

「何をいう、此度の役付がかなったのはおれたちのおかげであろう。無下《むげ》にはされまい」

「さようだ。おれたちは殿様に恩を売っている。貸しがあるのだ」

三人は酔ってきたのか、少し声が大きくなった。

どうやら彼らの主である雨宮文蔵は、無役の旗本だが、仕官が決まったようだ。それも勘定所勤めになるらしい。また、話を聞くうちに雨宮文蔵が、長患いを理由に職を解かれ、小普請入りをしたことがわかった。

再仕官できたというのは、病気が平癒《へいゆ》したからだろう。しかし、それと中川の釣り場の殺しがどう関連しているのかはわからないし、まったく関係ないのかもしれない。

ただ疑う余地がないのは、体の大きな男が左久次の舟に乗ったということだけである。

三人は一刻半（三時間）ほどで店を出た。

「なんだ、もう一軒は勘弁だ。今宵《こよい》はほどほどにしておこう」

誘いを断るのは、細身の男だった。そして誘ったのは、体の大きな男だ。細身の男はさらにこうつづけた。

「石倉はその体だから酒のまわりが遅いのだろう。帰ろう、帰ろう」

体の大きな男の名は、石倉というらしい。結局、石倉は他の二人に説得され、そのまま屋敷に引き返した。

伝次郎は三人を見送ると、十分な距離を置いて歩いた。三人が雨宮家の屋敷に消えるのを見届けると、川政の舟着場に置いている舟に戻り、しばらく小名木川の暗い水面に映る町あかりを見つめた。

相手が旗本家の雇われ侍だとしても、雨宮家の家中のもの。めったに手出しはできない。だが、自分はいま、町奉行所の人間ではない。

伝次郎は心中で葛藤《かっとう》した。このまま調べを進めるべきか、手を引くべきか。ともすれば、身を滅ぼしかねないことになる。

ふっと脳裏に千草の心配する顔が浮かぶ。千草を安心させるためには手を引くべきだ。自分のためにもそうすべきだろう。そう思うのだが、あとに引けぬという気持ちもある。

（どうする……）

棹をつかんで立ちあがった。猪牙の舳先をまわして、大川に向かう。自分の家に帰るなら、そのまま六間堀に乗り入れればいい。だが、伝次郎は迷いながらも舟をまっすぐ進め、万年橋をくぐって大川に出た。

舟提灯のあかりが、水量豊かな大川を照らす。下るうちに肚は決まった。

(やれるところまで調べる)

そうしなければ、政五郎にも松倉屋伊兵衛にもいいわけはできない。舟をつけたのは、深川佐賀町にある中之橋《なかのはし》のそばだった。陸にあがると、そのまま音松《おとまつ》の店を訪ねた。

暖簾はしまわれているが、小さな軒看板に主の名を、そのまま店名にした「音松」という字が月あかりに読めた。主に扱っているのは髪油で、それも店の切りまわしは女房まかせだ。音松は伝次郎が同心時代に使っていた小者だった。

「旦那、いったいどうされたんです。めずらしいじゃないですか……」

店の戸を開けてくれた音松は、まるみのある顔に嬉しそうな笑みを浮かべた。

「夜分にすまねえな。ちょいと頼みがあるんだ」

「まあ、入ってください」

「すぐにすむ」

伝次郎は顎《あご》をしゃくって、音松を表に連れだした。

「なにかあったんですね」

音松は察しがいい。

「探ってもらいたい旗本がいる。雨宮文蔵という殿様だ」

「殿様を……。いったいなぜ？」

伝次郎はざっと経緯《いきさつ》を話してやった。それは、川政の左久次が松倉屋伊右衛門と釣りに行った数日後、ふたりが水死したこと。釣り場で二人が見聞きしたこと。二人の死に不審な点があり、さらに中川の釣り場そばの藪で、死体を見つけたこと。その後、伝次郎が調べたことなどだった。

「そんなことがあったんで……。それで、その雨宮って旗本があやしいんで……」

話を聞き終わった音松は、伝次郎をまっすぐ見る。

「それはどうかわからねえ。だが、探れるだけ探ってほしい。殿様は長患いをしていたらしいから、医者にもかかっているはずだ。屋敷雇いの侍のことはとくに詳しく知りたい。できるか？」

「何いってんです。そこまで聞いて、いやだといえないじゃありませんか。旦那も人がわりいや」

音松は苦言を口にするが、言葉ほどではない。むしろ声には嬉しそうな響きさえある。

「おまえが頼りだ」

「へえ、まかしてください」

「女房にはいつも悪いと思うが、ちゃんと礼はする」

「そんなのいいっこなしですよ。なしなし」

音松は顔の前で手を振って頬を緩めた。

二

音松に頼み事をした伝次郎は、そのまま家には帰らず、また小名木川に戻ると、まっすぐ舟を進めて、元石置場に近い岸に舟を繋ぎ止め、陸にあがると、いまや独り暮らしになっているおかるの長屋を訪ねた。

「伝次郎さん……」

戸を開けたおかるは、澄んだ瞳をみはって声を漏らした。

「長居はしない。少しいいかい？」

おかるはわずかに逡巡《しゅんじゅん》しただけで、「どうぞ」と、いって家に入れてくれた。

「少しは落ち着いたか……」

伝次郎は居間の縁に腰かけた。

「はい、どうにか。いまお茶を」

「気を使うことはねえ。それより、左久次のことをあれこれ調べているんだが、おまえさんはどう思う？　ただの事故じゃなかったと思うのは、誰しも同じだが……」

おかるは少しかたい表情になってうつむいた。

「おまえもそう思っているといったな」

おかるは小さくうなずいた。

「もし、もしもだ。左久次が何者かに殺されたとわかったらどうする？」

「……そのときは……」

おかるは言葉を切って唇を噛んだ。

「殺してやりたいと思うのが道理だろう。おまえの大切な亭主だったんだからな。

だが、そんなことはできねえ」

おかるは小さくうなずいてから口を開いた。

「もし殺されたのなら、その下手人に重い罰を与えてやりたいです。左久次さんが苦しんだのと同じような罰を……」

「うむ」

「わたしは何もできませんけど、許せません。もし、殺されたのなら、絶対に許せません。許せるはずがありません」

おかるは目に涙をためて、言葉に力を込めた。

「そうだろうな。許せることではない」

「伝次郎さん、ひょっとして……」

おかるが涙目で見つめてきた。

「いや、何もわかっちゃいない。だが、真相だけははっきりさせたいと思っている。政五郎さんの頼みでもあるし、それはおまえのためでもある」

「ありがとうございます。わたしはほんとうのことを知りたいです。伝次郎さん、お願いいたします」

殊勝な顔で頭を下げたおかるは、やっぱり茶を淹れるといって、その仕度にかかった。

「ところでこんな男を知らないか？」

伝次郎は例の似面絵を見せた。

おかるは手に取ってしばらく眺めていたが、知っている人ではないといい、この人が関係しているのかと聞いた。

「そうじゃない。それで、お腹の子はどうだ？」

殺された人間だというのは酷な気がしたので、伝次郎はうまく誤魔化し、わずかにふくらんでいるように見える、おかるの腹を見て聞いた。

「少しずつ育ってるんだなって感じます。そんな気がするだけかもしれませんけど」

「元気な子が生まれればいいな」

「そうでなきゃ困ります」

おかるは少しふくれ面《つら》をして伝次郎を見た。なんと愛らしい顔をしている女だ。

決して美人ではないが、人に安心感を与える面立《おもだ》ちである。それに根が明るいのか、性格的暗さを感じさせない。

「左久次の分も……すまねえ」

伝次郎は茶を受け取った。

「なんでしょう」

「左久次の分も、おまえさんには幸せになってもらわなきゃならないってことだ」

「そうです。わたしも、この子も」

おかるは自分の腹をさすりながら、顔をほころばせる。屈託《くったく》のない笑みである。哀しいことがあったばかりなのに、そのことを表にあらわさない。それとも必死に堪えて、まわりのものに気を使っているのかもしれない。あくまでもやさしい女なのだろう。

「伝次郎さんはひとりなんですね。どうしておかみさんをもらわないんです？」

「ずっとひとりだったわけじゃない。女房も子供もいた」

「それじゃ、どうして……」

おかるが大きく睫毛《まつげ》を動かして見てくる。

「死なれたんだ」

殺されたとはいえない。

「どうして……」

「まあ、そのことは今度機会があったら話してやる」

伝次郎はそう誤魔化した。茶を飲むと、あまり長居をすれば長屋のものに誤解されかねないからこれで帰るといって立ちあがった。

「そうそう、おれが左久次のことを調べているのは、あまりいい触らすな」

「大丈夫です。親方にも口止めされていますから、わたしは黙っています。でも、あんまり無理はしないでください。わたし少しずつですけど、心の整理をつけているんです」

「そうか。そうだな」

「哀しみを引きずったままだと、この先生きていくのが辛《つら》くなると思うんです」

「おかる、おまえさんは若いのに、できた女だ」

言葉どおり、そう思わずにはいられなかった。無念で仕方ないはずだろうに、前向きな気持ちには、そうそうなれるものではない。

（おまえはほんとに幸せにならなきゃな）

おかるに背を向けて長屋を出る伝次郎は、心の底からそう思わずにはいられなかった。

舟に戻ったが、さっきおかるのいったことと、そのときの顔が脳裏に甦った。

――わたしは何もできませんけど、許せません。もし、殺されたのなら、絶対に許せません。許せるはずがありません。

おかるは目に涙をためてそういった。あれが本心なのだ。

(そうさ、誰も許せるはずがねえ。……もし殺されたのなら、許せるはずがねえ)

心中でつぶやく伝次郎が、調べを打ち切ろうかという迷いを、きっぱり捨てた瞬間だった。

三

(二進《にっち》も三進《さっち》もいかなくなったってェのは、こういうことをいうのか……)

政五郎は両国橋の欄干に手をついて、大きなため息をついた。

窮して陰鬱《いんうつ》な自分の心とは裏腹に、冬の空はいやというほど晴れ渡っている。遠くに見える富士山も、今日にかぎってはっきりその姿を見せている。

視線を下げれば、あかるい日射しをはじく大川が、まるで水晶をちりばめたようにキラキラ輝いている。

政五郎は昔世話になった御蔵前《おくらまえ》の札差《ふださし》を訪ねてきたところだった。やり繰りしたい入り用の金があるので、当座しのぎの金を貸してくれないかと談判したが、見事に断られた。

——政五郎さん、あんたとは知らない仲じゃありませんが、いけませんよ。いけません。借金を返すのに、また借金をするというのは感心できることじゃありませんか。商売人が一番やっちゃいけないことじゃありませんか。

札差・出羽屋《でわや》の主は、首を振ってたしなめた。

——出羽屋さんが頼みだったんですがね……。

肩を落としてため息をつくと、

——政五郎さん、ここは踏ん張りどこですよ。なんとか工夫してください。今日のあんたは、いつもの政五郎さんじゃない。いつもでんと構えてるのが、川政の親方じゃないですか。

と、出羽屋は励ましとも慰めとも取れる言葉をかけてきた。ただ、それだけのことで、金はびた一文《もん》貸せないという。

（おれの頼み方がいけねえのか……。それとも救いようがねえから、体《てい》よく追い払われたのか……）

心中で愚痴りながらも、身から出た錆《さび》だからなと思いもする。

すると、またため息が出る。

（こんなことで苦労するとは思わなかった）

欄干についていた手を引っ込めると、そのままとぼとぼと歩きだした。まっすぐ店に帰ってもいいが、番頭の忠兵衛と顔を合わせなきゃならないと思うと気が重くなる。

今日もだめだったといえば、また忠兵衛は苦い顔をするに決まっている。その忠兵衛も金の工面に走りまわっているが、なかなかうまくいっていない。

（いや、今日はなんとかこしらえられたかもしれねえ）

そんなことを心中でつぶやくが、あわい期待だろうと思いなおす。自分でまいた種だから、自分で何とかしなければならない。番頭頼みでは、川政の主としての意地がすたる、と自分に活を入れても、やはり出るのはため息だ。

歩きながら今度は誰に頼もうかと、頭の中で知った顔をぐるぐる考える。大方あたっているので、望み少ない人の顔しか浮かんでこない。

あいつに頼めば、見下されるだろうし、あいつには頭を下げられない、下げたとしても嫌みをいわれるだけだろうと考える。

（だが、誰かいるはずだ。このおれを見捨てない男……）

ふと、深川の博徒《ばくと》の親分の顔が脳裏をかすめた。しかし、すぐに女房のおはるの顔が浮かんでくる。

――あんた、困ったからといってやくざもんにだけは頭下げないでおくれましよ。

おはるに釘を刺されていることを思いだす。

（そうだな、やくざもんに借りを作りゃ、この先どんなことがあるかわからねえからな）

気乗りはしないが、一度店に戻ろうと思い、政五郎はのろのろと足を進める。

中之橋のたもとに舟を繋ぎ止めた伝次郎は、雨宮文蔵の屋敷に足を運んでいるところだった。例の三人組を見つけてから二日後のことだ。

雨宮の屋敷前に来たときだった。大川沿いの道を御船蔵《おふなぐら》のほうからやってくる男がいた。

(政五郎さん……)

伝次郎は立ち止まって待ったが、政五郎は気づく様子もない。うなだれ、足許の地面に視線を落としながら歩いてくる。

堂々としている、いつもの政五郎らしくない姿だ。しばらくして、伝次郎の視線に気づいたのか、ゆっくり顔をあげて立ち止まった。

「伝次郎か……」

「いったいどうしたんです。元気ないじゃないですか」

「いろいろあるんだ」

政五郎には覇気《はき》がない。

「例の金のことですか?」

「ま、それもある」

政五郎は浮かない顔だ。少し痩《や》せたようにも見える。

「そこで茶でも飲みますか」

伝次郎が誘うと、政五郎はあっさり応じた。

新大橋のたもとには数軒の水茶屋がある。どれも葦簀張りの小さな店だ。その一軒に入り、並んで床几に腰かけた。雨宮文蔵の屋敷門をそこから見ることができる。

「例の調べですが、ひょっとすると旗本がからんでいるかもしれません」

伝次郎は茶が運ばれてきてからそういった。政五郎が顔を向けてくる。

「旗本……」

「ええ、あれこれ調べているうちに、そうではないかと。……まだ、はっきりしたことはいえませんが……」

伝次郎はそう前置きして、これまで調べたことと、お高から聞いたことを照らし合わせていくうちに、雨宮文蔵という旗本が浮かびあがってきたと話した。

「その殿様の屋敷が、すぐそこです」

伝次郎は話を終えてから、通りを挟んだ斜め向かいにある屋敷を目顔で示した。

「旗本がねえ」

「家中で何か揉め事があったのかもしれません。そのことをいま探っているところです」

「世話をかけるな。おれが無理な頼みをしたばかりに」

「そうおっしゃらないでください。正直なところ、旗本がからんでいれば、手を引こうかと考えたんです」

政五郎が黙って見つめてくる。

「だが、調べを打ち切るのはやめました。一昨日《おととい》の晩、おかるに会いましてね」

「おかるに……」

「あの子の気持ちをたしかめたかったんです。もし、左久次が誰かに殺されたとわかったらどうするか、と……。おかるは許せないといいました。自分では何もできないが、罰を受けさせてやりたいと、目に涙をためていったんです。それが本心でしょうし、もしおかるの立場になったら誰でも思うことでしょう。そのとき思ったんです」

「…………」

政五郎は湯呑みを持ったまま、伝次郎のつぎの言葉を待つ。もちろん、伝次郎は人の耳を嫌って声は低く抑えていた。

「このまま手を引くのは卑怯《ひきよう》だ。もし、左久次と松倉屋の大旦那が水死ではなく、殺されたのなら非道な人間を野放しにはできねえと。もちろん、単なる事故だったのかもしれませんが、真実はあかさなければならねえと思ったんです」

「おめえさんはやっぱり、御番所の人間だったんだな。そんなこたァ、普通のやつは思いもしねえもんな」

伝次郎はその言葉を認めるように、黙って茶に口をつけた。それから、例の借金のことを訊ねた。

「もう、片がつきましたか……」

「いや、まだだ。だが、何とかしなきゃならねえし、何とかなるだろう。おめえさんの心配することじゃねえ」

政五郎は小さく笑ったが、余裕のある顔ではなかった。

「おれに何とかできればいいんですが……」

「その気持ちだけでも嬉しいよ」

政五郎はしみじみとした口調でいって茶を飲むと、静かに立ちあがり、

「伝次郎、手前勝手なことだとわかっちゃいるが、左久次の一件よろしく頼む。ど

んな結果になろうが、そのことだけは、はっきりさせてェんだ」

といって、頭を下げた。

「それはあっしも同じですから……。政五郎さん」

「…………」

「しっかりしてください」

別れ際に伝次郎は例の似面絵を見せたが、政五郎に心あたりはなかった。

四

雨宮家に気になる動きはなかった。例の体の大きな石倉という侍も、他の二人の侍も姿を見せなかった。

雨宮家のことは音松に探らせている。長く見張る必要はないと判断した伝次郎は、屋敷前を離れると、舟に戻った。ここしばらく仕事をしていない。その気にもならないのだが、どういうわけか声をかけてくる客もいない。

いいことなのか悪いことなのかわからないが、とにかくいまは調べに夢中になっているのだった。

　一旦、中之橋のたもとにつけている舟に戻った伝次郎だが、また河岸道にあがって松倉屋に足を向けた。伊兵衛から雨宮家のことを聞く必要がある。

　松倉屋を訪ねたが、伊兵衛は出かけていていなかった。伝次郎は番頭の弁造でもことは足りるだろうと思い、

「得意先に雨宮文蔵って殿様の屋敷があるな」

　と、訊ねた。

「へえ、よくしていただいております」

　弁造は帳面から顔をあげて伝次郎に視線を向けなおした。

「何でも今度取り立てられるそうだが、あの殿様は昔は何していたんだ？」

「表《おもて》御右筆《ごゆうひつ》だったと聞いておりますが、脚気《かっけ》がひどくなってお役目を長く休んでおられたようです」

「殿様の家には何人侍がいるんだろう。知ってるかい？」

「わたしは伺ったことがないので、はっきりわかりませんが、三、四人いらっしゃるようなことは聞いております」

「大旦那とは長い付き合いだったんだな」

「うちの聶屓先は、ほとんど大旦那様あってのことですから、それなりのお付き合いをされていました」

「すると、大旦那は雨宮家にも詳しかったってことか……」

「さあ、どこまでご存じだったかはわかりませんが……」

弁造は手にしている筆の尻で、白い鬢《びん》のあたりを掻いた。伝次郎は雨宮家にいる体の大きな侍のことを聞いたが、弁造は知らなかった。他の奉公人に声をかけて聞いてみると、梅次という手代が知っていた。

「わたしはよくお届けしますから存じております。体の大きな人でしたら、石倉荘《そう》助《すけ》様でしょう。楽しい人で、よく声をかけていただきます」

「それじゃこの顔を見たことはないか……」

伝次郎は例の似面絵を梅次に見せた。絵に描かれている人物は目をつむっているが、それが死人だということは見るものにはわからない。

「どこかでお目にかかったような気がするんですが……」

梅次はずいぶん長く似面絵を見たあとで、首をかしげた。

「雨宮家ではないか……」

「はい、雨宮のお殿様のお屋敷ではないはずです。でも、どこかで……」

「また来るから、そのとき思い出していたら教えてくれ」

伝次郎はそういって松倉屋を出た。そのまま高橋をわたり、小名木川沿いの河岸道を歩いた。ときどき川を行き交う舟に目をやる。猪牙もあれば、荷舟もあるし、行徳船《ぎょうとくぶね》もあった。

左久次は殺された日の夕刻、石倉荘助を舟に乗せたと思われる。そして、小名木川を東へ向かい、横十間川に入った。そして、例の場所で石倉荘助に押さえつけられた。

六尺近い大男だ。相手が左久次なら、赤子の手をひねるようなものだろう。押さえつけて顔を水の中に沈めればことは足りる。体に傷もなければ、首を絞められた痕もなかった。水死と見せかけることはできる。

しかし、問題は石倉荘助がどうやって戻ったかだ。舟はそのままだった。そして、松田久蔵が調べたかぎり近くの藪に踏みしだかれた跡はおろか、足跡もなかったという。

まさかこの寒い冬に、人を殺したとはいえ、冷たい川に入って対岸にあがったというのは考えにくい。

それに、伊右衛門が釣り場に行ったときに見たのは、舟に印された家紋ではなく、よく知っている雨宮家の侍だったと考えるべきだ。雨宮家に舟はないのだ。

すると、舟はどうしたのだ？　そこまで考えて、伝次郎ははたと足を止めた。

（貸し舟……）

そうかもしれない。石倉荘助と他の連中は、中川の釣り場近くまで借りた舟で行って、そこで問答の末にひとりを殺した。いや、あんな寂しい場所に、朝早くから行くということは、端《はな》から殺す意図があったのだ。

とにかく石倉荘助らが、どこで舟を借りたかである。そして、左久次が殺された夕刻、左久次の舟に乗った石倉荘助のことだ。

（まわりくどい調べなどやめて、じかに石倉荘助に会うべきではないか）

もし、石倉らが下手人なら危ない賭けであるが、やるべきだろう。伝次郎は来た道を引き返した。

「旦那」と音松に声をかけられたのは、高橋を渡った松倉屋の近くだった。

すぐに音松が駆け寄ってきて、大方わかりましたという。

「教えてくれ」

そういった伝次郎だが、往来での立ち話を嫌い、近くの茶店に入った。

「雨宮の殿様は、千三百石取りの旗本で三年ほど前に表御右筆を辞されてます。何でも脚気がひどくなったらしく、療養のためだったようです。本所亀沢町《ほんじょかめざわちょう》に小泉《こいずみ》兆誓《ちょうせい》というかかりつけの医者がいまして、おかげで脚気はずいぶん軽くなったということです」

音松は茶を運んできた小女《こおんな》が下がってから話した。

「年明けにお役目に就くらしいが……」

「そうです。今度は支配勘定ということです。屋敷にはご用人《ようにん》と雇いの侍が三人、中間が二人、他に古参の使用人と女中が二人います。それに奥様と娘二人」

「雇われ侍の三人のことは……」

「名前だけですが、わかりました。石倉荘助、木之内新兵衛《しんべえ》、須山重蔵《じゅうぞう》。この三人はずいぶん殿様のために動いています」

「どういうことだ？」

伝次郎は聞いてから、まわりに目を配った。自分たちの話に聞き耳を立てているような客はいなかった。

「小普請入りしての再仕官はなかなか大変なようですが、雨宮様は小普請支配にずいぶん取り入っていたようです。そのために、殿様が支配役の屋敷を訪ねることができないときは、雇われの侍が日参し、屋敷の掃除や細々《こまごま》した使いをやっていたといいます。接待も熱心だったようで、ずいぶん金も使われたんじゃないでしょうか……」

家禄三千石以下のものが小普請入りをして無役になると、小普請組頭や小普請支配の面倒を受けることになる。

役職に空きができれば、再就職を斡旋《あっせん》してもらえるが、再就職希望者はかなりの数だ。競争相手を押しのけて、面倒を見てもらうためには猟官《りょうかん》運動が欠かせない。そのために金銭提供、接待などはあたりまえで、これを怠れば浮かばれることはない。

「さっき屋敷には古参の使用人がいるといったな」

「へえ、雨宮家に十年以上仕えている大七《だいしち》という使用人です」

さすが音松である。ツボを心得た調べをしている。

伝次郎は石倉荘助に直接会うのをやめ、まずは大七から話を聞こうと、急遽予定を変更した。そのことを口にすると、

「あっしも付き合います」

と、音松が答えた。

五

「大七の顔はわかっているのか？」

雨宮家の屋敷を見張れる茶店に入ってすぐ、伝次郎は訊ねた。

「日に何度か表に使いに出るようで、そのときに顔を見ています。殿様の使いだけでなく、家侍の使いもしているようです」

音松はそつのない調べをしている。

「左久次が殺された日に、石倉という侍は、左久次の舟に乗っているはずだ。そのとき、他の侍が屋敷を出ていなければ、下手人は石倉と考えていいだろう」

「もし、そうだったら釣り場の近くで殺しをやったのも、雨宮家の雇われ侍ということになりますね」

「それで間違いはないはずだ。そして、この男が雨宮家にどう関わっていたかだ」

伝次郎は例の似面絵を出して眺める。

「石倉たちは殿様に貸しがあるといっていた。どんな貸しか知らないが、雨宮家にとって具合の悪いことを始末したのかもしれねえ」

「すると、この男は雨宮家にとって邪魔になったということで……。ひょっとすると、殿様の再仕官に関わっているんじゃ……」

「考えられることだ。雨宮文蔵が小普請支配にいくら金を使ったか知らないが、安くはないはずだ」

自分の就職をかなえるために、賄賂《わいろ》が使われる。それを〝昇進丸《しょうしんがん》〟という薬に見立てる隠語がある。大包が金百両、中包が金五十両、小包が金十両というのが相場だ。

もちろん大包が特効薬であるが、酒肴《しゅこう》をもって服用させればなお効き目があるといわれている。就職がかなえば役料《やくりよう》が入り、役目に付随する実入りがあるから、いずれ投資した金の穴埋めはできる。無役のものが競って〝昇進丸〟を使うのは頷《うなず》けることだ。

雨宮家の近くにある茶店に居座って半刻ほどたったとき、

「あの男です」

と、音松が小さくつぶやいた。その目は表の脇戸から出てきた男に注がれていた。大七である。

伝次郎と音松は同時に腰をあげた。大七は五十がらみの、小柄で痩せた男だった。うすくなった頭髪をひっつめて髷《まげ》を結っていた。

大七は御籾蔵の北側の道を、六間堀のほうへ向かっている。伝次郎は距離を詰める。川に架かる中之橋の手前と先にはそれぞれ自身番がある。

伝次郎は大七が中之橋をわたり、自身番を過ぎたところで声をかけた。

「なんでございましょう」

大七が怪訝そうな顔で振り返る。

「ちょいと聞きてえんだが、木枯らしの強い日があったな。もう十日以上前のことだが、覚えているか」

「あの日でしたら覚えています。屋敷の木が折れたぐらいですから。それで何か？」

大七は怪訝そうに目をしばたたき、伝次郎と音松を交互に眺める。

「殿様の屋敷に石倉さんというお侍がいるな。夕方、屋敷を出たはずだが、どこへ行ったか知っているか？」

「なぜ、そんなことを……」

「知りあいの船頭が、その石倉さんを乗せたんだが、その船頭がいなくなっちまってるんだ。どうしても探さなきゃならないんだ」

「あの日でしたら、石倉様は島崎町《しまざきちょう》の道場に行かれたはずです。舟を使われたのなら、風が強かったからでしょう」

伝次郎は片眉を動かした。

「島崎町、深川の島崎町だな」

「さようで」

「何という道場だ？」

「修徳館《しゅうとくかん》です。ときどき師範代をされているんです」

伝次郎は音松を見た。石倉は関係ないのか！

「それじゃその三日ばかり前だが、石倉さんは朝早く屋敷を出かけなかったか？」

大七は少し考えてから、すぐに答えた。

「さあ、どうだったでしょう。出かけられたような気もしますが、屋敷に見えるのは毎朝五つ（午前八時）頃ですからねえ。外出をされるとしても、昼前か昼過ぎです」

「すると、石倉さんは通いか。他のお侍はどうなんだ？」

「お泊まりになることもありますが、みなさん通いですよ。でも、それがいなくなった船頭となにか関わりでもあるんですか？」

大七は伝次郎と音松を眺める。

「念のため聞いてるだけで、深い意味はない」

伝次郎はうまく誤魔化し、例の似面絵を見せ、見覚えはないかと聞いたが、

「いやあ、まったく知らない人です」

と、大七は首をかしげるだけだった。

「雨宮家の例の侍三人は、朝早く中川の釣り場に行くことができる。それも雨宮家

の人間に知られずにだ」

伝次郎は大七を見送ってから、独り言のようにつぶやいた。

「疑いが濃くなりましたね。それでどうします？」

音松の問いに、伝次郎は石倉荘助のことを調べると応じた。

舟を使って深川島崎町の修徳館道場を訪ねたのは、それからすぐのことだった。

「石倉様でしたら、お世話になっています」

道場の若い門弟は気さくな顔でそういう。件の日のことを訊ねると、

「あの風の強い日は大変でした。道場の屋根が剝がれましてね。師範代も修理を手伝ってくださり助かったんです」

という。

石倉荘助は左久次の舟に乗りはしたが、殺しはしていないのだ。だが、道場に来る前に凶行に及んだとも考えられる。伝次郎は石倉が道場に来たときに、着物が濡れていなかったか、普段と変わったことはなかったかと訊ねた。

「いいえ、いつものように冗談をいいながらやって見えましたよ。そんな人なんです。でも、なぜそんなことを……」

「探している人間がいるだけだ。忙しいところ邪魔をした」

伝次郎は退散するしかなかった。

「音松、振り出しに戻った」

道場を出るなり、伝次郎は落胆のため息をついた。

「旦那、生意気な口を利かせてもらいますが、どこかに見落としがあるのかもしれません」

「うむ、そうかもしれねえ」

反論できない伝次郎は、そのまま音松と一緒に舟に戻った。

六

「殺されたこの男の身許がわかればいいってことですね」

「早い話がそうだ」

伝次郎は落ち着きなく煙管を吹かして、灰吹きに雁首を打ちつけた。川政の近くにある茶店だった。

「しかし、なぜ松倉屋の大旦那は、お高って妾に雨宮の殿様のことを口にしたんでしょう?」

「おそらく、大旦那が雨宮さんの仕官が決まったことを知っていたからじゃねえか」

「大旦那は中村屋って料理屋で、縁切りを匂わせていますね。それはどういうことでしょう?」

「わからねえが、大旦那は年だった。それに比べお高はまだ若い。いつまでも囲っていられないと感じていたのかもしれねえ」

「しかし、大旦那は釣り場に行ったとき、なにかを知ったか、なにかに気づいた。そうでなきゃ、左久次に口止めはしなかったはずですよね」

「たしかに……」

応じる伝次郎は、伊右衛門がなにを見て、なにを知ったか、それを考えるが、当人にしかわからないことだ。手掛かりとなるのは、左久次がおかるに話したことだけである。しかし、そのことからわかることはない。

「結局のところ、この男の身許が頼みの綱ってことか……」

伝次郎は例の似面絵を指先ではじいた。

「旦那、左久次は石倉荘助さんを、修徳館の近くで降ろしたあと、死んだ川に行ったことになりますが、なぜ、そんなところに行かなきゃならなかったんでしょう……」

遠くの空を眺めていた伝次郎は、さっと音松を見た。

「それはそうだ」

左久次がそのまま川政に戻るなら、修徳館のある島崎町から大横川を引き返し、扇橋をくぐって、そのまま小名木川を西に下ればいいのだ。ところが、反対方向に向かったことになる。

「石倉さんを降ろしたあとで、また客を乗せたんじゃ……。その客を乗せた左久次は、大横川を北へ向かわず南に下り、仙台堀に出ると、東に向かって横十間川に入って件の水路に入った。そう考えることもできます」

「そりゃあ、考えられることだ」

深川島崎町から仙台堀を通って、左久次の死んだ場所に行く間に、町屋は少ない。大横川の両岸にあるだけだ。小名木川を使ったとしても、それは同じである。

「音松、扇橋から南の町屋の聞き調べだ。手伝ってくれ」

「合点です」

二人は舟に戻ると、小名木川を東上し、扇橋のそばに舟を舫って、聞き込みをはじめた。伝次郎が左岸の町屋、音松が右岸の町屋と手分けして聞き込んでいった。

伝次郎は扇橋町、石島町《いしじまちょう》、末広町《すえひろちょう》と一軒一軒の店を訪ね、自身番と木戸番にも聞き込みをした。しかし、左久次が死んだ日のことを覚えているものは少なかったし、左久次の舟を見たというものもいなかった。

かすかな望みだったが、伝次郎の聞き込みは徒労に終わった。すでに日が暮れようとしている。ため息をついて、音松が聞きまわっている河岸道に足を運んだ。

こちらは扇橋から深川久永町《ひさながちょう》二丁目に架かる大栄《だいえい》橋までの町屋だ。

音松とは修徳館道場のある島崎町で出会った。どうだと訊ねると、音松は首を横に振る。

「旦那のほうは？」

「おれのほうも、だめだ」

結局、左久次の舟を見たものはいなかった。見ていたとしても、忘れているのかもしれない。

「日が経《た》っていますからね」

音松が嘆息していう。

「今日はこの辺にしておくか。音松、たまには一杯やるか？」

伝次郎が舟に戻って誘うと、

「今日はよしておきます。一度、店に戻って様子を見たいと思いますんで……」

音松はやんわり断った。

「いつも付き合わせて悪い。女房になにかいわれたら、おれのせいにしておけ」

「それには及びません。どうせうちの嬶《かかあ》は、あっしのことなんかあてにしてませんから」

音松は笑って応じた。店まで送っていこうかと伝次郎はいったが、それも音松は断った。歩いてもたいした距離じゃないからだ。

伝次郎は川政の舟着場で音松を降ろすと、自分も河岸道にあがって松倉屋を訪ねた。手代の梅次は、似面絵の男をどこかで見た気がするといっていた。思いだしてくれていれば、調べは大きく前に進むことになる。

松倉屋を訪ねると、帳場横に座っていた梅次がさっと尻を浮かして、

「伝次郎さん、お待ちしていたのです」

と、目を輝かせた。

「思い出したか」

「へえ、この方は御徒組《おかちぐみ》の組屋敷にお住まいの滝下精三郎《たきしたせいざぶろう》様です。何でも最近、小普請入りをされたと伺っています。ときどきうちの茶を買ってくださる、ご新造をお見かけしてやっと思い出しました」

「徒組の組屋敷というのは、田安《たやす》家のそばにあるあの組屋敷だな」

伝次郎は身を乗りだすようにして、帳場の縁に両手をついた。

「さようです」

伝次郎は松倉屋を飛びだすと、歩くのももどかしく、先を急いだ。すでにあたりは暗くなりかけている。家路を急ぐ職人と何度もすれ違った。

御徒組の組屋敷は、掛川藩下屋敷と田安家下屋敷に挟まれた土地にあった。

屋敷地に入り、出会った武家に滝下精三郎の家を訊ねるとすぐにわかった。

「こちらは滝下様のお屋敷ですね」

玄関で訪いの声をかけると、戸が開き、ひとりの女があらわれた。

七

「滝下精三郎さんのお宅ですね」

伝次郎が訊ねる前に、女は期待を裏切られたという、落胆の表情になった。

「なんでございましょう？」

「あっしは船頭の伝次郎と申しやす。ちょいと滝下さんのことで聞きたいことがあるんです」

「夫はいませんが、どんなことでしょう……」

やはり滝下の妻だった。伝次郎はどう答えようかと、家の奥を見た。家の中はうす暗く、人の気配もない。亭主が殺されたとは伝えにくい。

「もう十日以上前のことです。あっしの船頭仲間が滝下さんを舟に乗せたんですが、そのままいなくなったんです。それで何かご存じないかと思いまして……」

体のいい嘘だが、他に思いつかなかった。

「十日前……。あの、夫はあなたのお仲間の舟に乗ったのですね」

「へえ、ずいぶん早い朝でして、何か心あたりありませんか?」

「じつは、夫もいなくなったんです。いえ、出て行ったきり帰ってこないのです」

「帰ってこられない」

伝次郎は滝下の妻の顔を凝視する。

「今日は、今日こそは帰ってくるだろうと、首を長くして待っているのですが……」

「出かけられたとき、どこへ行くとおっしゃってました?」

「行き先はいいませんでした」

「それじゃ、一緒にいなくなっちまったのかもしれません。あっしはどうしても、探さなきゃならないんです。家には身籠《みご》もった女房が待っているんです」

滝下の妻の顔がわずかに変化した。

「船頭さんと一緒に……」

「その船頭は左久次ってんですが、乗せた客が滝下さんだというのがようやくわかりまして、それで訪ねてきたんです。知っていることがあれば教えてもらいてェんですが、何かご存じありませんか？」

「あの、お入りになってください」

それじゃお邪魔しますといって、伝次郎は敷居をまたいで戸を閉めた。

「左久次さんとおっしゃる船頭が、ほんとうにわたしの夫を乗せたのですね」

「へえ、仲間にあれこれ訊ねて、やっとわかったんです。滝下さんがいらっしゃれば、そのときのことを教えてもらいたいと思ったんですが、ご新造のご亭主もお帰りになっていないってェのは、ただ事じゃありませんね。ああ、ご新造のお名前は？」

「久実《くみ》と申します。それで、伝次郎さんとおっしゃいましたね」

「へえ」

「左久次さんを真剣に探してらっしゃるんですね」

「真剣です。可愛い女房を残して消えるようなやつじゃないんです。だからどうしても探したいんです」

「左久次さんのことがわかれば、わたしの夫のこともわかるかもしれませんね。そうなるのではないでしょうか……」

久実は真顔を向けてくる。

「おそらくそうなるでしょう」

「伝次郎さん、わたしからもお頼みいたします。夫を探してくださいませんか。お仲間の船頭さんと一緒に、どこかにいるのかもしれませんから」

「それじゃ、ご亭主がいなくなったときのことを教えてください。なんでもいいです」

久実は少し迷ってから、今度はあがってくれと座敷に促した。

伝次郎が畏まって箱火鉢の前に座ると、久実は静かな手つきで茶を淹れてくれた。

家の中は整然としている。行灯だけのうす暗い部屋は、夫がいないせいかどこか寒々しく、そして侘《わび》しさが漂っていた。

伝次郎はどうぞ、と差し出された茶を受け取った。

すると久実はすぐに話しはじめた。

「恥ずかしい話ですが、夫は無役になり、小普請入りを余儀なくされています。それでお金を工面しなければならなくなりました。むろん生計《たつき》のためです。あの日は、ようやくお金をこしらえることができる。楽しみに待っていてくれといって出ていきました。まだ、夜も明けやらぬ、早朝のことです。行き先を聞いたのですが、それは相手あってのことだからといっただけです」

「相手とは？」

久実はわかりません、と首を横に動かした。

「ただ、ひと月ほど前から、目途《めど》が立ちそうだと、そんなことをときどき申しておりました。それがどういう目途なのか、わたしには教えてくれなかったのですが、夫があの朝出たきり帰ってこなくなっている間、わたしはいろんなことを考えました。それで、ふと気づいたのです」

「…………」

「世話役のお屋敷を訪ねるのをやめて、支配役の屋敷に足を運ぶようになった頃から、あの人の様子が少しずつ変わったのです。こんなこと申してもおわかりにならないでしょうけど、きっとそうだと思うのです」

伝次郎にはわかっていた。世話役というのは小普請入りをした御家人の再就職を斡旋する属吏《ぞくり》のことである。その上に組頭がいて、それを統括する支配役がいる。支配役は御目見《おめみえ》以上（旗本）を受け持つが、その力は配下にも及ぶ。

「どう変わられたんです？」

「よいことを知ったとか、これできっと浮かばれるとか、そんなことを申すようになったのです。おそらく支配役の坂尾《さかお》様のお屋敷で何かよいことがあったのでしょう。それが何だったのかわかりませんが、もっとも気がかりになっていることでございます」

「坂尾、何という方です？」

「坂尾藤左衛門《とうざえもん》様です。まさか、夫が帰ってこなくなったのが、坂尾様のせいだとは思いませんが……」

「いなくなった朝ですが、何か聞いてませんか？」

「楽しみに待っていろといいました」

「前の晩はどうです？　明日は誰に会うとか、人の名を口にしませんでしたか？」

「それが、めったにいえぬ話なのだというばかりでして……」

伝次郎は宙の一点に目を凝らした。

火鉢の中の炭がパチッと爆《は》ぜる音を立てた。

「とにかく探してみますんで、何かわかりましたら、お知らせしやしょう。それで、坂尾様のお屋敷はどこにあります？」

「新大橋を渡った浜町です。お目にかかったばかりなのに、無理を承知でお願いいたします」

久実は手をついて頭を下げた。

（坂尾藤左衛門……）

徒組の組屋敷を出るなり、伝次郎は心中でつぶやいた。調べをしてきた過程に無役の旗本が二人いる。ひとりは雨宮文蔵、もうひとりは河野只三郎だ。そして、御家人の滝下精三郎……。

伝次郎の中で、見えなかった糸が繋がりはじめていた。

気がついたときは、高橋の通りに来ていた。千草の店に寄っていこうかと、そっちを見たが、舟を川政の舟着場に置いたままだ。先に、帰り道になる猿子橋に舟を移してから、店に行こうと思った。

自分の舟に戻ると舫をほどきながら、川政を見た。二階の客間の障子に、人の影が映っていた。ふっと、政五郎はどうしているだろうかと考えたが、伝次郎はそのまま舟を出した。そのとき、誰かに見られているような気がして、雁木を振り返った。

川政から漏れる仄《ほの》あかりが、雁木の階段を弱々しく照らしているだけで、人の姿はなかった。伝次郎は棹を使って舟を進めると、六間堀に入った。ほどなく行ったところに猿子橋がある。そのたもとに舟を舫って、陸にあがった瞬間だった。

黒い影が風のように向かってきた。その手には、闇の中でも鈍い光を発する刀がにぎられていた。

第六章　殿様の始末

一

闇を切り裂く白刃《はくじん》は大上段から、伝次郎の頭めがけて落とされてきた。

伝次郎はとっさに横に跳んで躱《かわ》したが、曲者《くせもの》は間髪《かんはつ》を容《い》れずに撃《う》ち込んでくる。転がって横に逃げると、即座に間合いを詰めて撃ち込んでくる。伝次郎は地を転がり、片膝立ちになったが、今度は横薙《な》ぎの一撃が刃風を立てて襲いかかってきた。

伝次郎はとっさに飛びすさったが、体勢が崩れ尻餅をつきそうになった。その隙を逃《のが》さじとばかりに、曲者が素早い摺《す》り足を使って撃ち込んできた。身を低めて躱そうとしたが、躱せるものではなかった。

逃げるだけでは、曲者の攻撃の手を緩めることはできない。前に跳んだのは一瞬の判断だった。肩先を刀がかすめた。冷たい汗が背中を流れるのがわかった。

だが、伝次郎は曲者の背後にまわり込んでいた。襟をつかみ取って引き倒そうとしたが、相手の体が反転するのが早かった。もはや逃げることはできない。

伝次郎は思い切って自分の体を相手に寄せると、刀を持っている相手の右腕を強くつかんだ。

「うむッ……」

相手が短く唸《うな》る。

「なにしやがる」

声を返して、曲者を睨《にら》んだが、頭巾を被っていて顔はよく見えない。伝次郎はつかんでいる相手の右腕をねじろうとしたが、その刹那《せつな》、強く押し返された。反動でつかんでいた腕を離したので、間合いができた。

相手は八相《はっそう》に構えなおして、詰め寄ってくる。無言の威圧感。全身に殺気をみなぎらせている。ささっと相手の足が動くと同時に、体が宙に舞った。そのまま袈裟《けさ》懸《が》けに斬り込んでくると予見できた伝次郎は、横に跳んで自分の舟に着地するなり、仕込棹をつかんだ。さっと、分断するように棹を二つに分けるやいなや身構えた。短くなった棹の先には、槍のような刃がついている。飛びかかってこようとした曲者の目が、カッと驚いたように見開かれ、足が止まった。

伝次郎は舟板を蹴って河岸道に跳躍した。曲者が一歩二歩と後退し、刀を青眼《せいがん》に構えなおす。

「きさま……」

曲者は短い声を発した。おそらく剣術の心得があると知ったからだろう。

伝次郎は右下段の構えになって、相手との間合いをはかる。

おそらく二間。相手の刃圏の外だ。伝次郎は爪先で地面をとらえながら、じりじりと間合いを詰める。相手も同様に詰めてくる。

間合い一間になったとき、曲者が斬り込んできた。伝次郎は相手の刀をすり落とすように仕込棹を動かすと、素早く相手の胸を切り裂くように振りあげた。

ビュッ、という風切り音がして、棹先につけられた刃が月光をはじいた。曲者は大きく後退して様子を見るように、その場に立ち止まった。

伝次郎が間合いを詰めようとすると、一歩後退する。

「誰だ？」

問いかけながら、伝次郎は仕込棹をつかんでいる手からゆっくり力を抜き、あらためて絞り込むようににぎりなおす。それでも強くはにぎらない。肩の力を抜き、仕込棹をやわらかく使えるように、手首の力も抜く。

曲者が沈黙を保ったまま躊躇《ちゅうちょ》しているのがわかった。伝次郎は、今度は大きく間合いを詰めた。刹那、相手が青眼に構えていた刀を振りあげて、斬り込んできた。

伝次郎は体を開くように、右足を右斜め前方に送り込みながら、仕込棹を振りあげるなり、電光石火の勢いで振りおろした。

「うッ……」

仕込棹が相手の肩先をかすめた。うす皮一枚ほど斬った感触があった。

「こやつ」

小さく吐き捨てた曲者は、すすっと後ろに下がると、さっと身をひるがえしてそのまま河岸道を北の方角へ駆け去っていった。

伝次郎は追うことはせず、その場に立ったまま肩を上下させて、荒い息をした。つかんでいた仕込棹をゆっくり下ろすと、大きく息を吸って吐いた。

「いってえ誰だったんだ」

声に出していうと、左手の甲で首筋をぬぐった。

曲者にはあきらかな殺意があった。それに、待ち伏せをしていたのはたしかだ。おそらく川政の舟着場のあたりに身をひそめていて、それから尾《つ》けてきたと考えられる。それよりも相手の正体がわからない。

伝次郎は呼吸が整ってから千草の店にゆっくり足を運んだ。途中で、何度か背後を見たが、あやしい人影はなかった。

「いらっしゃいませ」

店の暖簾をくぐるなり、千草のあかるい声が飛んできた。伝次郎だと知ると、口許に笑みを浮かべ白い歯をこぼす。

「千草さん、こっちの酒はまだかい」

客のひとりが酒の催促をした。店はいっぱいだった。伝次郎がいつも座る小上がりにも、職人が座っていた。ちょうどかき入れ時に来たようだ。

「伝次郎さん、適当に座ってくださいな。為《ため》さん、そこ少し開けてくださいな」

千草が常連客の為七《ためしち》に声をかけたので、どうにか伝次郎の座る場所ができた。

「どうだい景気は？」

酔っている為七が気さくに声をかけてくる。鼻の頭を真っ赤にしている。

「まあ、ぼちぼちだ」

「そりゃ結構だ。ボチボチが何よりだ。な、英二《えいじ》」

為七は大工の英二に声をかけて、ワッハハと欠けた前歯を見せて笑う。

「伝次郎さん、あとでお話があるの」

酒を運んできた千草が、耳打ちするようにいった。

「例のことか……」

「そう」

そのまま他の客のところへ行く千草を見送った伝次郎は、手酌でゆっくり盃を口に運んだ。千草の話も気になるが、さっき闇討ちをかけてきた男のことも気になる。

二

客が引けはじめたのは、伝次郎が店に入って半刻ほどたってからだった。その間、伝次郎は二合の酒を飲み、蜆《しじみ》の炊き込み飯で腹を満たした。さらに一合の酒をちびちびやりながら、千草の手が空くのを待つ。

すっかり客が引けて、二人きりになったのは、五つ半（午後九時）頃だった。それまで千草は伝次郎と何度か目を合わせたが、他の客の手前話したいことを抑えている顔つきだった。

「やっと落ち着きましたわ。いま、そっちを片づけてから行きます」

千草は暖簾を下ろして、土間席にある器と銚子を台所に運んでいくと、すぐに伝次郎のそばにやってきた。

「あの似面絵ですけど、わかったのです」

「似面絵のことなら、おれもわかった。滝下精三郎という御徒組の者だった」

「そういうお名前だったのですか。でも、わかったのはその滝下さんが出入りしていたお屋敷があったのです」

おそらく坂尾藤左衛門の屋敷だろうと思ったが、伝次郎は黙って聞くことにした。

「八名川町にお住まいの雨宮様という旗本のお屋敷です」

「なに……」

伝次郎は片眉を動かした。

「うちにみえる客に植溜《うえだめ》に出入りしている植木屋さんがいるんですけど、何度かその滝下さんが、雨宮様のお屋敷に出入りしているのを見たらしいのです」

植溜というのは、山野で取った樹木を養生畑に仮植えしておく場所である。江戸には数ヵ所あるが、安宅《あたけ》の通りにも一ヵ所あった。問題は植溜ではなく、滝下精三郎が雨宮家に出入りしていたということである。

「それはいつ頃のことだ?」

「ここ一月ほどの間に何度か見たといいます。そのとき、屋敷のお侍が頭を下げていたというので、ずいぶん偉い人だと思っていたらしいのです。あの似面絵を見たとたん、植木屋さんは、あの人だ、まちがいないといいました」

伝次郎は宙の一点を凝視した。

雨宮家の雇われ侍は関係ないと思っていたが、そうではなかったのだ。伝次郎は松島町の料理屋で盗み聞きした三人の話を思いだした。

あの三人は、雨宮文蔵の再就職がかなったのは、自分たちのおかげで、主の雨宮に恩を売っている、貸しがあると話していた。

音松の調べでも例の三人組が、雨宮文蔵のために小普請支配の屋敷を日参し、屋敷内の掃除や細々した使いをやっていたというのがわかっていた。

だが、伝次郎が目をつけた石倉荘助は、左久次の舟に乗ったが、そのまま師範代を務めている深川島崎町の道場に行っただけだった。それがために、伝次郎は雨宮家に向けていた不審の目を他に向けたのだが、その必要はなくなった。

滝下精三郎を殺したのは、雨宮家の雇われ侍と見ていいだろう。

「伝次郎さん……」

千草の声で、伝次郎は現実に立ち返った。

「千草、いいことを聞いてくれた。だが、もうこの件には関わるな。似面絵は他のものにも見せているか？」

「何人かに見せました」

伝次郎は内心で舌打ちした。おそらく雨宮家の侍たちはそのことに気づいたのだ。さっき自分を襲ったのも、あの家侍のひとりと考えていい。すると、相手は自分のことを知っているということだ。

ここは気を引き締めてかからなければならない。

「千草、あの似面絵を……」

伝次郎が手をだすと、千草が懐から例の似面絵を取りだした。伝次郎はそのまま行灯の火を使って似面絵に火をつけた。

「何をなさるの？」

「いいんだ。もうこれはいらなくなった」

伝次郎は灰皿の上で燃えてゆく、滝下精三郎の似面絵に視線を注いだ。やがてその似面絵は黒い灰となった。

「今夜は伝次郎さんの家に行きます」

前垂れを外しながら千草がいった。

「いや、今夜はだめだ」

千草が「なぜ？」という、かたい顔を向けてきた。

「滝下精三郎を殺した下手人は、おれのことを知っているはずだ。一緒にいれば、何が起こるかわからぬ」

「それじゃここは……」

伝次郎はさっき襲ってきた男のことを考えた。相手はひとりだった。ここまで尾けてはいないはずだし、その気配もなかった。だが、今度はひとりではなく、数を増やして襲ってくるだろう。

さっきの男は伝次郎のことを船頭だと思って甘く見ていたが、一筋縄ではいかないと思い知ったはずだ。

「ここは大丈夫だろう。しばらくおれはここに来ないことにする」

「伝次郎さん……」

不安の影が千草の顔に揺れていた。

「心配するな。うまく立ちまわる。弱みをにぎっているのはこっちだ」

伝次郎はそういうと腰をあげた。

「今夜はこのまま帰るが、戸締まりを忘れるな」

「はい。気をつけて……」

「うむ」

伝次郎は立ちあがった千草の手をつかむと、そのまま引き寄せて、しっかり抱いてやった。

「心配するな。おれは大丈夫だ」

胸の中で千草が小さくうなずいた。

三

翌早朝、伝次郎は猪牙を滑らせるように大川を下っていた。

河岸道と町屋がうすい川霧に包まれていた。昇りくる朝日は、ぼうっと雲の向こうにその輪郭だけを見せている。

深川佐賀町の中之橋のそばに舟をつけると、そのまま音松の店を訪ねた。戸をたたき、声をかけると、すぐに音松が顔を見せた。

「朝早くすまねえ。おまえに助《すけ》をしてもらいたい」

「何でしょう」

音松は女房の目を気にするように表に出てきて、後ろ手で戸を閉めた。

「殺されたのは滝下精三郎という小普請組の御家人だった」

「よくわかりましたね」

「松倉屋の手代が顔を知っていたんだ。それで久実というご新造に会うと、滝下が坂尾藤左衛門を頼っていることがわかった」

「それじゃ、雨宮の殿様が世話になっていた支配役じゃないですか」

「やはりそうだったか」

「すると、雨宮家のものが下手人ということですか」

音松は目をみはった。

「おそらくそうだろう。だが、へたな手出しはできねえ。相手は旗本家の侍。それに、雨宮文蔵が一枚嚙んでいれば厄介だ」

「どうするんです」

「ここまでわかって手をこまねくのは癪《しゃく》にさわる。それにおれはもう御番所の人間じゃない。思い切ったことができる」

「いったい何をしようってんです？」

「坂尾藤左衛門の屋敷に、滝下は出入りしていた。そして、雨宮文蔵とその家来の侍も同じ屋敷に出入りしている。おそらく滝下は、雨宮家の弱みをにぎったのだろう」

そういって、昨夜千草から聞いたことを話した。植木屋が千草に話したことである。

「滝下さんに、雨宮家の侍が頭を下げていたんですか」

「元は御徒組でも、そのときは無役の御家人だ。年も若い。そんな人間に頭を下げるのはおかしなことだ」

「もっともです。それで何をすればいいんです？」

「坂尾藤左衛門様は小普請支配役。毎日ではないだろうが、仕官を周旋《しゅうせん》してもらいたい無役の旗本や御家人が訪ねてくるはずだ。その中に、雨宮家の侍、もしくは滝下精三郎と親しかったものがいるかもしれねえ。もし、いたら話を聞いてもらいたい」

「承知しました」

「昼に万年橋北詰めの茶店で落ち合おう。いいか」

「かまいません。それまで何かわかってりゃいいんですが……」

「そうであることを祈る」

伝次郎はそのまま舟に戻ると、今度は小名木川に戻り、高橋をくぐり抜け、御徒組の組屋敷の南岸に舟をつけた。

すでに霧は晴れて、あたりには朝日が満ちていた。岸にあがった伝次郎は、そのまま組屋敷地に入り、滝下精三郎の家を訪ねた。

「朝早く申しわけありません」

伝次郎は職人になりきって、玄関に出てきた久実に挨拶をした。

「いきなりですが、ご亭主は雨宮という名前を口にしていませんでしたか？」

「雨宮……。いいえ」

「それじゃ、石倉とか木之内、あるいは須山という名はどうです？」

久実は首をかしげながら考えたが、

「いったいその方たちは……」

と、怪訝そうな顔をする。

「ご亭主が知っていた人間じゃねえかと思いまして……」

「夫の口からそんな名が出たことはないと思います」

「そうですか。それで何か変わったことはありませんか」

伝次郎は久実の肩越しに暗い家の中に目を注いだ。

「何もありません。夫は見つかりそうでしょうか……」

「それは何ともいえませんが、あたるところをあたっていますので。それじゃまた何かありましたら伺います」

伝次郎は会釈《えしゃく》をすると、逃げるように久実の家を出た。

何だか心が憂鬱《ゆううつ》になっていた。久実は夫の死を知らない。もはや還《かえ》らぬ夫が帰ってくると思い込んでいる。

一旦舟に戻った伝次郎は、舟梁に腰かけて煙草を喫んだ。吹かす紫煙がゆるやかな川風に流されてゆく。

無役になった滝下精三郎は、再仕官を願い、小普請支配の屋敷を訪ねている。本来なら、御目見以下の士が働きかける相手ではない。再仕官を願うなら、組頭か世話役を頼るのが御家人である。

(なぜだ?)

ふと、疑問に思った。

滝下精三郎は支配役の坂尾藤左衛門を知っていたのか? それとも誰かの紹介があったのだろうか?

これは大事なことではないか。そう思った伝次郎は、煙管を舷側に打ちつけて灰を落とすと、再び久実を訪ねた。

「何度も申しわけありませんが、もうひとつ教えてください。ご亭主はなぜ、坂尾藤左衛門様を頼られていたんです？」

「それは夫が通っていた平岡《ひらおか》道場の方に教えてもらったからです」

「平岡道場……」

「二《ふた》ツ目《め》にある道場です。そこで知り合った京極幸之助《きょうごくこうのすけ》様という方がいらっしゃるんです。早く仕官したければ、坂尾様を頼ったほうがいいと教えられ、ついでに口を利いてもらったのです。京極様はお旗本ですけど、夫によくしてくださるありがたい人です」

「家はどこです？」

「詳しいところはわかりませんが、平岡道場のそばだと聞いております」

四

本所相生町《あいおいちょう》五丁目に平岡道場はあった。二ツ目之橋が近いので同四丁目と合わせて、土地のものは「二ツ目」と呼んでいる。

平岡道場は柳剛流《りゅうごう》を伝授していた。伝次郎がそれまで気づかなかったのは、こぢんまりと遠慮したような場所にあったからだ。

道場を訪ねると、京極幸之助の屋敷はすぐにわかった。南割下水《みなみわりげすい》の西端に近いところだった。京極は旗本らしいが、屋敷はさほど大きくはなかった。おそらく四百坪程度だろう。それでも唐破風《からはふ》造りの立派な門構えである。

訪いの声をかけると、ずいぶん年のいった使用人が応対に出てきた。

自分のことを名乗り、用件を伝えて主の京極幸之助に取り次ぎを頼むと、待つほどもなく屋敷内に通された。

「こっちだ」

主の京極幸之助は縁側に立っていて、伝次郎を手招きした。

「滝下の何を知りたい？」

京極はいきなり用件を聞いてきた。見事な白髪だった。おそらく六十近いだろう。

「はい、滝下様を乗せた船頭がおりまして、それ以来行方がわからなくなっているんです。それに滝下様もまだ自宅には帰られていないといいます」

「なに、滝下がいなくなったとな。そういえば、道場も休んでいるし、この頃あの者を見ておらぬな」

「ご新造の久実さんが、殿様でしたら何かご存じではないかといいますので、訪ねてきた次第ですが、殿様は滝下様が行方をくらまされたことに、何か思いあたることはありませんか？」

「いかほど家に戻っておらぬのだ。ま、座れ」

伝次郎は縁側に腰をおろした。京極もそばに座る。

「もう半月は経ちましょうか。滝下様は坂尾藤左衛門様のお屋敷にたびたび行ってらっしゃったと聞きましたが……」

「あれはわしが紹介したのだ。滝下は不憫なやつだった。役目を外されたのは、出仕時刻に遅れたからなのだが、それは妻が病に罹《かか》り、看病をしていたせいだった。それにもかかわらず上役は、たった一度の遅れを許さなかったのだ。道場ではなかなかの腕でな。わしはときどき指南を受けているのだ。いい男だよ」

「さようでしたか。それで何かお聞きになっていませんか？　滝下様が坂尾様のお屋敷に行かれるようになってからのことです」

伝次郎は京極を見る。

あかるい朝日を受けるその顔には、しわと染みが多かった。

「……そういえば、気になることをいったことがある」

京極はしばらく間を置いてから、厳しい顔つきになって口を開いた。

「あれは仕官の取り持ちを願いに坂尾殿を訪ねていたのだが、支配役の坂尾殿を頼みとするものは少なくない。いつだったか、わしの知らぬある旗本の家来が、主の代わりに願い事のために、坂尾殿の屋敷に参じていたのだが、その家来どもは質《たち》が悪いとなじっていた」

「それは……」

伝次郎は体ごと京極に顔を向けた。

「うむ、三度に一度はその家来どもが主の贈り物の代金を着服し、その贈り物より安いものを坂尾殿に差しあげていたというのだ。滝下は妻思いで、役目にも真面目で、正義の思いが強い。だから、あれの目に余ることだったのだろう」

「それはどこの殿様の家来だったかわかりますか？」

京極は白髪の生えた眉を動かして、伝次郎を見た。

「異《い》なことを訊ねるな。それと滝下が行方をくらましたことと関わりでもあると申すか？」

「ひょっとするとあるかもしれません。あっしは仲間の船頭を探すために、なんでも聞いておきたいんです」

「ふむ。まあ、その熱心さには感服するが、さて、どこの誰であったかは聞いておらぬ。わしは世間にはよくあることだ、自分に害がなければ、見て見ぬふりをして捨て置けといったのでな」

「聞いておりませんか……」

「しかし、その船頭と一緒に、滝下の行方がわからなくなったというのはことだ。久実殿もさぞや心配されているであろう。伝次郎と申したな、しっかり調べて探してくれぬか。わしからも頼む」

京極は小さく会釈をした。

舟に戻った伝次郎は、ゆっくり棹をさばきながら竪川から六間堀に入った。まだ、音松との約束には間があるが、これまでにわかったことを整理しておきたかった。

舟を操りながらも、河岸道に警戒の目を注ぐ。昨夜の賊は、おそらく雨宮家の家来とみてまずまちがいないだろうし、自分をこのまま放ってはおかぬだろう。必ず接触してくるはずだ。その前に伝次郎は、彼らの仕業だったという証拠をつかんでおきたい。

北之橋をくぐると、中之橋が見えてくる。河岸道を付近の住人や、行商人が行き交っている。侍の姿を見つけると、伝次郎は注意の目を注ぐ。

万が一のために、伝次郎はその朝、舟に愛刀・井上真改《いのうえしんかい》を忍ばせていた。舟には隠し戸棚があり、いつでも取りだせるようにしている。

雨宮文蔵の屋敷は中之橋から近いところにある。だが、雨宮家に仕えている侍の姿を見ることはなかった。

（やつら、おれのことをどこまで調べているのだ）

鷹の目になって考えをめぐらす。

（似面絵……）

おそらく滝下精三郎の似面絵を見たのだ。

すると、千草の店か松倉屋ということになる。だが、あのものたちが、千草の店を訪ねた様子はない。訪ねていれば、千草は敏感な女だから、自分に告げたはずだ。

とすれば、松倉屋か……。

そのことをたしかめる必要がある。伝次郎は小名木川に出ると、川政の舟着場に猪牙を止めて、松倉屋を訪ねた。

「見えました。雨宮家のお竹《たけ》さんという女中で、似面絵を見て知っている顔だとおっしゃいましてね」

雨宮家の人間が店に来なかったかと訊ねると、番頭の弁造があっさり答えてつづけた。

「それで、梅次の知っていた滝下精三郎様だと教えてあげると、そうだ、そんな名でしたといいます。それでお竹さんが滝下様がどうかされたのかと聞きますので、よくはわからないけれど、船頭の伝次郎さんが探していると教えてあげたんです」

伝次郎は内心で舌打ちした。お竹という女中は、三人の家侍にそのことを話したのだ。

「まずかったでしょうか……」

伝次郎が苦々しい顔をしていると、弁造が心許《こころもと》ない目を向けてきた。

「いや、いい。それで例の似面絵だが、もういらなくなった。捨ててくれるか。で、

「出かけておりますが、何かお伝えしておきますか」

「旦那はどうした？」

「いや、いい」

伝次郎はそのまま松倉屋を出た。

自分の舟に乗ったときだった。「おーい、おーい」と、声をかけてくるものがいた。仁三郎だった。万年橋のほうからやってきて、伝次郎の舟に自分の舟を横付けした。

「いいところで会った。例のことだがよ。さっきおもしれえ話を聞いたんだ。左久次と松倉屋の大旦那が中川に行く二日前に、油堀《あぶらぼり》にある船宿から舟を借りている侍がいたんだ。おめえさんも知ってんだろ。三島《みしま》屋って船宿を」

三島屋だったら伝次郎も知っている。

「それでその侍がどうした？」

「大旦那と左久次が釣りに行った日に、舟を返してんだ。なんでも雨宮なんとかって旗本の家来らしい」

伝次郎はキラッと目を輝かせた。

もうまちがいない。滝下精三郎を殺したのはあの三人なのだ。

「その旗本の家来の名を聞いたか？」

「いや、そこまでは聞かねえよ。だけど、気になるじゃねえか」

「仁三郎、恩に着る。だが、このことはしばらく誰にもいっちゃならねえ。わかったな」

「な、なんだよ。おっかねえ顔して。だが、まあわかったよ」

伝次郎は仁三郎と別れると、そのまま油堀に向かった。

五

大川に出ると一気に舟を滑らせるように進める。水量豊かな大川を行き交う舟も、川岸にある町屋の風景も伝次郎の目には入らなかった。頭にあるのは、たしかな証拠をつかむことだけである。

下之橋をくぐって油堀に入る。船宿・三島屋は、釣り道楽に重宝されている店だった。そのために釣り竿や釣り糸、釣り鉤などの道具も売っている。

本来の仕事で扱っているのは、漁舟《いさりぶね》と百文舟《ひやくもん》ばかりだ。漁舟には船頭をつけるが、百文舟は船頭をつける必要がなく、一日百文で借りることができる。

「へえ、たしかにお貸ししました。三日も借り切る人はめったにいませんからよく覚えていやすよ」

三島屋の主は伝次郎の問いにそう答えた。

「借りたのは旗本の雨宮家の侍だったろう」

「さようで、よくご存じで。木之内新兵衛さんというお侍です。ところが、舟を返して二日後だったか三日後だったかまた借りに見えたんです。よほど釣りが好きなようでしてね。へえ、それがどうかしましたか？」

連中は左久次を殺すために、もう一度借りたのかもしれない。

「帳面はつけてるな」

「そりゃもちろん」

「見せてくれるか」

「おかしなことをいいますね。ま、いいですけど……」

三島屋は面倒くさそうな顔をして、汚い帳面を見せてくれた。たしかに木之内新兵衛という名が記されていた。雨宮文蔵の家に仕える侍だ。

伝次郎は礼をいって三島屋を出ると、再び小名木川に戻った。そろそろ音松との約束の時刻だった。

待ち合わせの茶店に行くと、すでに音松は床几に座って待っていた。

「旦那、雨宮家の侍はろくでもねえですよ」

伝次郎が隣に腰をおろすなり、音松は口を開いた。

「雨宮の殿様が仕官願いに熱心なのは有名なことでしてね。かれこれ半年ばかり、坂尾藤左衛門様の屋敷に出入りしてるんですが、いつも雨宮の殿様が出向かれるわけじゃないんです。坂尾様が仕官願いをする人の応対にあたるのは、十日に一度なんですけど、それも毎度同じ人間には会われないんです。だから、雨宮様は雇っている屋敷の侍を差し向けて、いろいろと手伝いをさせるんです。その折に、家来の侍は殿様の用意した賄《まいない》を持って行くんですが、ときどき預かった賄を懐に入れ、他の贈り物をしていたんです」

「他の贈り物……」

「おおかた、賄は金子《きんす》でしょう。何両包んであるのかわかりませんが、あの屋敷の侍らは賄を自分のものにして、その金の一部で羊羹《ようかん》や京菓子を持参するんです。そりゃ安い菓子じゃありませんが、一両もしないでしょう。まあ、預かった賄の金が十両だとしても、九両はそのまま残るって寸法です」

「よくそんなことがわかったな」

「そういう噂が流れてんです。坂尾様にお願いにあがる殿様連中の目は節穴じゃありませんし、供をする中間や小者は目ざといです」

「それを誰に聞いた？」

「岡村《おかむら》っていう旗本の中間です。まあ、雨宮の殿様のことを思って黙っているらしいんですが、連中は仕えてる主人を裏切ってるのと同じじゃありませんか」

「すると、連中は相当の金を自分の懐に入れているということか……」

「だから羽振りがいいようです。ついでに、どこの菓子屋を使っていたかも調べてきやした。使っていた店は二軒あります。一軒は深川の船橋屋《ふなばし》、もう一軒は日本橋の小松屋《こまつ》です」

船橋屋は羊羹、小松屋は京菓子の有名店だ。両店とも高級なので、庶民にはなかなか手が届きにくかった。

「殺された滝下精三郎も、そのことを知ったんだろう。だが、滝下は黙っていなかった。三人を問い糾したか、あるいは強請《ゆす》ったのかもしれねえ。いや、おそらく強請ったんだろう。滝下は何度か雨宮家を訪ねている。その折、例の三人は滝下に頭を下げている。さらに、殺されたあの日の朝、滝下は自分の女房に、今日は金をこしらえられる、楽しみに待っていろといって家を出ている」

「旦那、もうその推量にまちがいはないでしょう」

「うむ。すると、松倉屋の大旦那は舟に気づいたんじゃなかったのか……」

「どういうことで……」

「大旦那は釣り場に行ったときに、舟に気づいたのではなく、その舟に戻ってきた侍に気づいたんだ。だから、左久次に黙っていろと口止めをした」

「どうして口止めなんか……」

「そりゃあわからねえ。だが、あの大旦那は商売人だった。ひとりで店を大きくして、大名家の御用達にもなった。それだけの知恵者だったんだろう。もし、口にすれば雨宮家という得意先をなくす。それよりも、何か弱みを握ってるほうが得だ。それに雨宮の殿様が勘定所勤めになるのも、当然知っていたはずだ。さらに、あの大旦那は自分の年を考えて、お高という妾を殿様に譲る気だったのかもしれねえ」

「お高は、大旦那が死ぬ前に一緒に料理屋にいたんでしたね」

「そうだ。だが、お高は大旦那の死については何も知らない。大旦那は酒はやらなかったが、年だし、心の臓も弱っていた。この冬の冷たい川に落ちりゃ、ひとたまりもなかっただろう」

伝次郎は穏やかな大川を眺めた。わずかにうねるさざ波が、銀鱗のようにちらちらと光っている。

「だからといって、あの三人が手をかけなかったという証拠もない。あの三人のうちのひとりはたしかに大旦那を見ている。そして、その三人は滝下精三郎を殺す二日前から、油堀の船宿・三島屋から舟を借りている。借りたのは木之内新兵衛という男だ」

「ほんとですか?」

音松が目をまるくして見てきた。

「ああ、三島屋で帳面を見せてもらった。そして、滝下精三郎を殺した日に舟を返している」

「それじゃ、やはりその三人が下手人ということじゃないですか」

「わからねえのは、左久次をどうやって殺したかだ。大男の石倉荘助は、左久次の舟に乗ったが、島崎町の道場近くで舟を降りている」

「すると左久次は、他の二人に殺されたってことになりますか……」

「そうかもしれねえ。何より、その日に家来のひとり、木之内新兵衛が三島屋で舟を借りている。その舟を返したのは翌る日だ」

「旦那……」

音松は何か思いついたような顔でつづけた。

「左久次の舟に、石倉荘助は乗らなきゃならなかったんじゃないでしょうか。そして、石倉は島崎町で舟を降りた。だけど、どこどこで人が待っているので、それを迎えに行ってくれと左久次に頼んだ。それが三人の侍のひとりだったら……」

伝次郎はまじまじと音松の顔を眺めた。いわんとしていることはわかる。

「すると、左久次は石倉荘助に客を迎えに行ってくれと頼まれ、そこに向かった。そして、その場所で須山重蔵という侍を舟に乗せた」

「なぜ、須山なんです？」

「その日三島屋から舟を借りたのは、木之内新兵衛だ。残るひとりは須山重蔵しかいない」

「なるほど……」

「須山は行き先を左久次に伝えて、そっちに舟を向かわせる。それが、左久次の死に場所だった。左久次は小柄な男だった。不意をついて押さえ込み、頭を水の中に沈める。左久次はもがき苦しんだだろうが、抗《あらが》いきれずにこと切れた。そして、須山重蔵は木之内が借りた舟に乗り込んで、そのまま去った」

「すると、木之内はどこか近くにいたってことですね」

「そのために舟を借りたんだろうからな」

「旦那、どうするんです」

「ここからはおれの仕事だ。左久次の仇《かたき》を討つ」

伝次郎はすっくと立ちあがった。

「あっしは……」

「ひとつだけ頼みがある。松倉屋の大旦那は死ぬ前に、妾のお高と深川平野町の中村屋という料理屋で飯を食っている。その近所と、大旦那が死んだ海辺橋の近くで聞き調べをしてくれ。やつらは大旦那も狙っていたはずだ。そうでなければおかしい」

「承知しました」

六

先に歩き去った音松を見送った伝次郎は、そのまま自分の舟に戻った。棹をつかんで、まぶしい冬の空を見あげた。

(乗り込むか……)

心中でつぶやいて、川岸を棹で突く。猪牙を岸辺から離すと、そのまま六間堀に乗り入れた。船頭の身なりで雨宮家に乗り込んでもいいが、相手は旗本である。着替えをしようと考えた。

六間堀には岸辺の木々から離れた枯葉が、たゆたう波に揺れている。ときどき小さな魚が跳ねて水音を立てた。

伝次郎は河岸道に警戒の目を光らせる。侍の姿を見ると、我知らず棹をつかんでいる手に力が入る。しかし、雨宮家の侍でないとわかると、細い息を吐きながら肩の力を抜く。

山城橋たもとの舟着場に猪牙をつけたとき、「おじさん」といって、小さな男の子が草履《ぞうり》の音を立てて駆け下りてきた。

「おじさん、伝次郎さんかい？」

男の子はくりっとした目を向けてくる。

「そうだが、なんだい……」

「これ」

男の子はそういって、小さな紙を差しだした。書き付けだった。受け取って折りたたまれた書き付けを開くなり、伝次郎ははっと目を見開いて、男の子を見た。

「これを誰に頼まれた？」

「知らないお侍だよ。おいらおじさんが来るのを、ずいぶん待っていたんだよ」

「そうか、ご苦労だったな」

「何が書いてあるんだい？」

男の子は無邪気な顔を向けてくる。

「何でもない。駄賃だ」

小銭をわたすと、男の子は破顔一笑《はがんいっしょう》するなり、すたすたと雁木を駆けあがっていった。

伝次郎は唇を噛み、書き付けを千々《ちぢ》に破り捨てると、隠し戸棚に入れていた愛刀・井上真改を取りだした。

まさか、そんなことはないだろうと思っていたが、千草が人質に取られていた。

「くそッ」

岸につけたばかりの猪牙を反転させ、中之橋まで行き、そこで舟を繋ぎ止めた。印半纏を脱ぎ、懐に襷《たすき》を入れた。そのまま河岸道にあがると、安宅の通りに向かう。

高い空で舞う鳶《とび》が声を降らしてくる。「たどん、たどん」と、のんびりした売り声を発しながら歩く炭団《たどん》売りとすれちがった。

茶店の縁台に座っていた女連れが、何がおかしいのかケラケラと楽しそうに笑った。

だが、伝次郎の心中は穏やかではなかった。唇をむんと引き締め、足を急がせる。

安宅の通りを突っ切った先に、植溜がある。通り沿いに柵《さく》が設けられているが、いとも容易《たやす》く植溜の中に入ることができる。

敷地内には、成長しきっていない木々が所狭しと植えられている。楓《かえで》、松、桜、栗、柿と種々雑多である。植溜にはめったに人は入らない。入るのは植木職人ぐらいのものだ。広さは一千坪はあるだろうか。

伝次郎は目の前にある木の枝を払って立ち止まると、周囲に目を光らせた。人の姿は見えない。懐から襷を取りだして、素早くかける。足を踏みだし、五感を研ぎすませる。

鳥の声がする。まっすぐ行けば大川の川岸にぶつかる。

「来たか」

どこからともなく声が飛んできた。

伝次郎は立ち止まると、さっとそっちを見た。堆肥場《たいひじょう》になっている土盛りの横から男があらわれた。雨宮家の侍だった。それが木之内新兵衛なのか、須山重蔵なのかわからない。石倉荘助でないのはあきらかだ。

「こっちだ」

男は顎をしゃくった。伝次郎は不意打ちをかけられてはかなわないので、周囲に目を配って足を進める。堆肥場の奥に二人の男が待っていた。

そして、猿ぐつわをかまされ、両手を後ろにまわされた千草が、松の木に縛られていた。助けを求める千草の目が飛んでくる。伝次郎は奥歯を嚙んで、三人の男をにらんだ。

「船頭、きさま何者だ？」

石倉荘助だった。

「てめえらのような下衆《げす》を成敗する船頭だ」

はらわたが煮え繰り返りそうな怒りを覚えていたので、そんな科白《せりふ》が勝手に口から出た。

三人が嘲笑《ちようしよう》するようにうすい笑いを口の端に浮かべた。

「なぜ、おれたちのことを探っている」

「木之内、そんなことを聞くのは野暮だ」

さっき声をかけてきた男が窘《たしな》めるようにいった。これが須山重蔵らしい。がっちりした体つきの男だ。顔も四角い。木之内というのは色白で細身の男だった。

「滝下精三郎を殺したのはきさまらだな。そのことに松倉屋の大旦那は気づいた。いや、そのときは気づいたかどうかわからねえが、ただ事ではないことが行われたのを大旦那は察したのだ」

「おい、勝手なことをぬかすな」

石倉荘助がゆっくり近寄ってきた。間近で向かいあうと、伝次郎より三寸は背が高い。上から見下ろされるような威圧感を覚える。

「てめえらが三島屋から舟を借りたことはわかっている。それは、滝下精三郎を殺す二日前のことだ。そして、滝下を殺したその日に舟を返している。それは、松倉屋の大旦那と船頭の左久次が、中川の釣り場に行った日だった。三島屋には木之内新兵衛の名が、帳面に残っている。もはやいい逃れなどできねえぜ」

「しゃらくさいことを……」

石倉が嘲笑を浮かべて刀を抜いた。

「小賢《こざか》しい船頭に、おれたちの人生を狂わされては困るのだ。覚悟しろ」

八相に構えて石倉が詰め寄ってくる。

伝次郎は両足を広げ、仁王立ちのまま動きを見る。

「きさま、剣術の心得があるそうだな。仕込棹を持っていたと、須山が驚いていたが、さておれに通用するかな。刀を持っているが、まさか竹光《たけみつ》ではなかろうな」

石倉はへらっと笑い、ぶ厚い唇をなめた。

道場の師範代をやっているぐらいだから自信があるのだろう。まったく伝次郎をなめ切っている。

「抜けッ！」

石倉が誘った。伝次郎は手にしていた刀をゆっくり抜き、鞘《さや》を足許に静かに置いた。刹那、小石を手にしたが、石倉は気づいていない。

「こい」

石倉が八相に構えたまま間合いを詰めてくる。そこは五十坪ほどの開けた場所だった。木々の向こうに見える大川が光っていた。

間合い二間になったとき、伝次郎は左下段の構えを取った。

「ほう」

石倉が目をみはった。同時に、八相から上段に刀を移すなり、袈裟懸けに撃ち込んできた。瞬間、伝次郎の右手が動いて小石が、石倉の顔面を直撃した。

「あうッ」

不意をつかれた石倉の太刀筋《たちすじ》が乱れ、空《くう》を切った。同時に伝次郎は懐に飛び込むように動き、柄頭《つかがしら》を石倉の顎にたたきつけた。

「げッ……」

石倉はのけぞって口から涎《よだれ》のような血を噴きだし、仰向《あおむ》けに倒れた。伝次郎はそのまま放ってはおかずに、石倉の股間を蹴りあげた。

「うぎゃあー」

悲鳴を発した石倉は、そのまま目を白黒させて気を失った。

「きさま……」

須山重蔵が意外な展開に色めき立って刀を抜いた。

七

「きさまらの悪行《あくぎょう》、天の目は誤魔化せぬということだ」

伝次郎は右下段の構えになって、須山重蔵と正対した。

「ちょこざいなことを……」

須山がそのまま間合いを詰めてくる。

「重蔵、気をつけろ。そやつできるぞ」

千草のそばに立っている木之内が注意を喚起したが、須山は意に介さず、伝次郎に斬り込んできた。

伝次郎は須山の刀をすり落として、右にかわした。ハッとなった須山が、すぐに体勢を立てなおして伝次郎に剣尖《けんせん》を向ける。

伝次郎は青眼の構えになって、今度は自ら間合いを詰める。ゆっくりと、足先で地面をつかみ、柄を持つ手からじわりと力を抜く。このとき、伝次郎の肩にも力は入っていない。

川風が植栽されている木々の間を吹き抜けながら、足許の土埃《つちぼこり》をさらっていった。

小さな鳥がチッチチッと、木の枝を移りながら鳴いた。

須山は伝次郎の隙を窺《うかが》いながら、右にまわりはじめた。足をゆっくり交叉させ、刀を上段に移した。伝次郎はその動きに合わせて、体を正対させる。

雲が日を遮ったらしく、あたりがすうっと暗くなったとき、伝次郎が先に動いた。突きを送り込んで、逆袈裟に刀を振りあげたのだ。

須山はその攻撃に対処できず、後ろに下がった。伝次郎は即座に詰めると、刀を横薙ぎに振り切った。鋭い風切り音とともに、須山の脾腹《ひばら》が斬られるはずだった。だが、須山は伝次郎の俊敏な技を恐れて、大きく後退した。

「き、きさま……」

声を漏らす須山の顔が引き攣《つ》っている。額に浮かんでいた汗が頰をつたい、顎からしたたり落ちた。伝次郎は無言のまま間合いを詰める。

「く、くそっ……」

須山は吐き捨てるなり、撃ちかかってきた。右面左面と交互に撃ち込んでくる。伝次郎は受け止めて右へ左へとかわす。

刃と刃の嚙み合う音が、耳朶《じだ》をたたき、火花を散らす。汗が飛び散り、二人の体が入れ替わった。そのとき、伝次郎は腰を低く落とすなり、刀を横に振った。

ドスッと鈍い音がして、須山の体が二つに折れた。伝次郎はさらに後頭部めがけて、柄頭をたたきつけた。

「ぎゃッ……」

須山は蛙《かえる》を踏みつぶしたような声を漏らして、うつぶせに倒れた。

「伝次郎ッ」

木之内の声に振り向くと、千草の首に刀があてがわれていた。千草は恐怖にふるえ、顔面蒼白《そうはく》となっていた。

「刀を捨てろ。さもなければこの女の命はない。……早くしろ！」

伝次郎は千草を見て小さくかぶりを振ると、刀をゆっくり地面におろしていった。

だが、愛刀・井上真改が地面すれすれになったとき、伝次郎は素早く腕を振った。

同時に刀が一直線に宙を切り裂くように飛んでいった。

弱々しい木漏れ日が、宙を飛ぶ刀身にあたり、キラキラッと光った。

「うげッ」

木之内が予想だにしないことに、目を剝き、自分の胸に突き刺さった刀を見て、驚愕《きようがく》した。だが、そこまでだった。伝次郎の刀は、木之内の心の臓を刺し貫いていたのだ。

木之内は膝からくずおれると、そのままどさりと大地に倒れ伏した。

「大丈夫か……」

伝次郎は千草に駆け寄ると、木之内の胸に刺さった刀を抜いて、手際よく千草の縛《いまし》めをほどいてやった。

「伝次郎さん……」

千草が伝次郎の厚い胸板に飛び込んできた。伝次郎はしっかり受け止めると、

「もう心配はいらぬ。まさか、こんなことになるとは……」

そういって、地面に倒れている三人の男を見た。

「この人たちは……」

千草がふるえる声を漏らす。

「木之内は仕方なかったが、他の二人は生きている。須山は棟《むね》打ちだ」

「で、ど、どうするんです？」

「こやつらは雨宮文蔵という旗本家に雇われている侍だ。雨宮の殿様に知らせる」

伝次郎はそっと千草から離れると、千草を縛めていた縄を使って、石倉荘助と須山重蔵を縛りあげた。

「今朝、わたしが仕入れから帰ってくると、この侍たちが店の中で待っていたんで

す。何の用だろうと思う間もなく、脇差《わきざし》を突きつけられてここに連れてこられたんです。殺しはしないといわれたんですけど、怖くて怖くて……」

千草は生きた心地がしなかったと、また体をふるわせた。

「おれのせいだ。おまえに似面絵を渡したばかりに、こんなことになった。これからは、二度とこんなことのないように気をつける。あとはおれがやるから店に帰るんだ」

「伝次郎さんは……」

「いったろ。雨宮家に連れて行くと。さ、表まで一緒に行こう」

伝次郎は千草の背中をそっと押して表通りへ促した。

安宅の通りに出ると、千草を店に帰し、伝次郎は近くの店から大八車を借り、さっきの場所に運び入れて三人を乗せると、見えないように筵をかけた。

気絶した石倉が息を吹き返したので、伝次郎は当て身を食らわせもう一度気絶させた。

「旦那、それは……」

雨宮家の屋敷に近づいたときだった。聞き込みに行っていた音松が前からやってきた。

「おまえこそ、ここで何をしてんだ？」

「やることはさっさとすんじまったんです。それで旦那のことが気になって、ひょっとしてここじゃねえかなと思ったら案の定でした」

「すんだというのはどういうことだ？」

「松倉屋の大旦那が死んだ晩のことがわかったんです」

「ほんとか……」

「大旦那が死体で見つけられる前に、二人の侍が海辺橋そばの暗がりにいたってんです。見ていたのは、河岸場を塒《ねぐら》にしている乞食なんですがね、気味が悪かったのでずっと見ていたらしいんです。すると大旦那が海辺橋をわたって女と別れたあとで、その二人が暗がりからあらわれ、大旦那に近づいていきなり当て身を食らわせて、仙台堀に落としたってんです。その二人はしばらく様子を見て、そのままどっかへ消えちまったと……」

「すると気を失った大旦那は川に落とされ、そのことに気づく前に死んだということか」

「それ以外考えられません。乞食は伊吉《いきち》っていうんですが、いつでも会えます」

「伊吉は二人の侍の顔を見たのか？」

「顔はわからなかったらしいです」

「そうか……」

伝次郎は一度遠くを見て考えた。こうなったら、生きている須山重蔵と石倉荘助に白状させるしかない。

「それで、それは？」

音松が大八車を見て聞く。

「この屋敷の家来だ」

「ヘッ」

音松は頓狂《とんきょう》な声を漏らして目をまるくした。

「とにかく雨宮家に運び込まなきゃならねえ。手伝ってくれるか」

「もちろんでさ」

八

「いったい何事だ」

玄関からあらわれた初老の男は、伝次郎を見るなり眉宇をひそめた。

「雨宮文蔵様でいらっしゃいますか？」

「さようだ。そのほうは？」

「元南町奉行所同心・沢村伝次郎と申します。無礼を顧《かえり》みず、殿様のお雇いになっている家来を連れてまいりました」

伝次郎はそういうなり大八車に被せていた筵を引き剝がした。

「やッ……」

文蔵の目が大きく見開かれた。

「これにいる三人は、殿様の金を再三せしめ、甘い汁を吸っていたものです。ひとりは討ち取りましたが、二人は生きています」

「どういうことだ？」

文蔵は険しい目を伝次郎に向ける。

「殿様は小普請支配役の坂尾藤左衛門様をお頼りになり、此度、目出度《めでた》く支配勘定役に仕官されることになったと聞いております。そのために、殿様は坂尾様に幾度も〝贈り物〟をされておられたはず」

「うむ」

「殿様がじきじきに坂尾家に出向くことができないときは、このものらが代わりに仕官願いに行っていたはずです。その際、殿様は相応の〝贈り物〟を預けておられましたが、このものらはその贈り物を着服し、代わりに船橋屋の羊羹や小松屋の京菓子を届けております。羊羹や京菓子がいくら高くても、一両にはならないはず。その残りは、このものらが懐に入れ私腹を肥やしていたのです」

「なんと……」

「そのことに気づき、この三人に忠告を与えたものがいます。小普請入りをし、同じく坂尾様に仕官願いをしていた滝下精三郎というものです。その滝下をこの三人は殺しています」

「まことであるか……」

文蔵は驚いたように口を開けて伝次郎を見た。

「そればかりではありません。滝下を殺す際に、そのことに気づいた、あるいは異様な気配を感じ取ったものがいます。それは松倉屋伊右衛門と左久次という船頭です。二人はそのとき、釣りに行ったのですが、身の危険を感じ逃げるように引き返しました。ところが、その日から三日後に左久次が水死体で見つかり、さらにその三日後には松倉屋伊右衛門も仙台堀で死体となって見つかっています」

「松倉屋が死んだのか……」

文蔵は知らなかったようだ。

伝次郎は文蔵にはかまわず、音松に石倉荘助と須山重蔵を起こせと命じた。要領を知っている音松は、二人に活を入れて目を覚まさせた。

意識を取り戻した石倉と須山は、わけのわからない顔で目をしばたたいていたが、主の文蔵に気づくと心底驚いた顔をした。だが、手足を縛られているので身動きできない。

「おぬしら、人を殺めたというが、それはまことのことであるか」

文蔵は射るような鋭い視線を、大八車に乗せられている石倉と須山に向けた。石倉と須山は黙っている。

「いかようにして左久次と松倉屋伊右衛門を殺したかは、このものたちがよく知っていることです。また、どのようにして滝下精三郎を殺しの場に連れて行ったかも、このものたちの知るところです」

「きさま、何をいっておる！」

縛られたまま石倉が吠《ほ》えた。

「このものたちは滝下精三郎を殺す二日前に、油堀の船宿・三島屋で舟を借り、そして殺したその日に舟を返しています。これは三島屋の帳面にはっきり残っています。借りたのは木之内新兵衛です。さらに、船頭の左久次が死んだ日にも、同じ店で舟を借りています。それは左久次を殺すために必要だったからです」

「おい、出鱈目《でたらめ》をほざくなッ！」

須山重蔵が縛られている体を揺すって喚《わめ》いた。

「さあ、出鱈目であろうか……」

伝次郎はそういうと、これまで推量してきたことを話した。それはおおむね、左久次と松倉屋伊右衛門殺しについて音松と話し合ったことだった。

「松倉屋の大旦那は、お高という妾と料理屋に行った帰りに殺されていますが、そのとき、伊吉という乞食が二人の侍を見ています。その二人は、大旦那が海辺橋をわたり、お高と別れると、そっと背後に近づき当て身を食らわせ、仙台堀に突き落としたのです。この冬の冷たい堀川に気を失って落ちれば、助かる見込みはありません。それに大旦那は年であり、心の臓も弱っていたといいます。おそらくひとたまりもなかったでしょう」

「おぬしら……何ということをしでかしてくれたのだ」

文蔵が須山と石倉をにらみ据えると、

「こやつのいうことはすべて作り事です。殿を陥《おとしい》れようという了見《りようけん》なんです」

と、須山が抗弁した。

「白《しら》を切るなら三島屋の帳面をここに持ってきてもいい。それをどういい繕う。また、伊吉という乞食を連れてきてもよい」

伝次郎がいい返すと、須山は黙り込んだ。石倉も顔をこわばらせたまま無言でいる。

「この二人をどうされるか、それは殿様次第でございます。ただし、なんの罪もない船頭と松倉屋伊右衛門、さらに正義心の強かった滝下精三郎の三人が殺されたことは、動かしようのない真実であります。船頭の左久次の妻は、腹に子を宿しています。いずれ生まれてくる子供は、父親の顔を見ることができません。殿様、よくそのことをお考えいただきとう存じます」

「沢村と申したな」

「はい」

「こやつらからはしっかり話を聞くが、このこと……」

「殿様それについては相談がございます」

伝次郎は遮っていった。

「なんだ？」

「いまここでなくとも、明日でも明後日でもかまいません」

文蔵はしばらく遠くの空を見て、

「よし、石倉と須山を裏の蔵に押し込めるのだ」

と、母屋の前に立っていた使用人に指図した。

「では、沢村殿……」

促された伝次郎は、一度音松を見てから、文蔵のあとにしたがった。

九

「さて、相談とは……」

座敷で向かいあうなり、文蔵が口を開いた。

「この一件には、船頭の左久次と松倉屋伊右衛門がからんでいます。町人です。これについては御番所の調べを受けてもよいはずです。そして、滝下精三郎の死については、公儀目付の調べと相成ります。しかしながら、そうなれば殿様の身が案じられます」

「…………」

「殿様は近々支配勘定に補される方。もし家中の侍が起こした一件が表沙汰になれば、その話も反故《ほご》になるのは明白。支配役の坂尾藤左衛門様に尽くしてこられたことも無駄になります」

「うむ」

文蔵はうすい唇を引き結んでうなった。その顔は障子越しのあわい光を受けていた。

伝次郎はつづける。

「この一件、わたしの胸の内にしまっておくことができます。松倉屋にも左久次の女房にも、そして滝下精三郎の妻にも何も話さないでおけます。すべては雨宮家で始末するということです」

「何が望みだ」

文蔵は人の肚を探るような顔つきになった。

「三百両、用立てていただけませんか」

伝次郎はずばりといった。

「なんと……」

文蔵は目をまるくし、口を小さく開いた。

「わたしの口を封じるためには、わたしを殺すか、金を払うかのいずれかです。相談に応じられないとおっしゃるなら、殿様の仕官もなくなり、これまでお使いになった金も無駄になるということです」

「貴公、人の痛いところを……」

文蔵は渋い顔つきになって、

「表に連れがいるが……」

と、言葉を足した。

「あのものはわたしのいうことなら、なんでも聞きます。信用できる男です」

「さようか……」

文蔵は大きなため息をついて、日のあたる障子を眺めてから、

「明日、金を取りに来い」

といった。


翌日の夕刻だった。

日は大きく西に傾き、川政の二階座敷の障子を黄色く染めていた。

伝次郎はおかるが持ってきた茶に口をつけて、細く障子窓を開いた。深川の町が暮れようとしている。下を流れる小名木川には夕日の帯が走り、その日最後の行徳船が大川のほうへ下っていった。

その日、伝次郎は雨宮文蔵から金三百両を受け取った。その際、文蔵は伝次郎が捕らえた石倉荘助と須山重蔵から一部始終を聞いていた。

やはり、石倉らは滝下精三郎から金を無心されていたのだった。そのために三人は共謀して、滝下を中川の先に連れて行き殺したのだった。連れて行くときの口実は、そこに金を隠してあるので、一緒に取りに行こうと、うまくいいくるめたらしい。

左久次殺しについては、伝次郎と音松の推量したこととと大差なかった。

石倉は左久次の舟で深川島崎町の道場に行ったのだが、舟を降りる際、扇橋西詰めの茶店に須山という男が待っているはずだから迎えにいってくれと頼んでいた。何も知らない左久次はそのまままいわれた場所に行き、須山重蔵を乗せて行き先を告げられた。それは八右衛門新田の例の水路だった。

須山はその水路に入ると、左久次に声をかけ、煙管を落としたので拾ってくれと頼んだ。左久次が川底をのぞき見ると、須山は背後から首と頭を押さえつけて、そのまま水死させ、川に落とした。そこへ舟を借りて待っていた木之内がやってきて、そっちに乗り移って現場を去ったのだった。

松倉屋伊右衛門殺しも計画的だった。伊右衛門が料理屋から出てくるのを、石倉と須山は辛抱強く待ちつづけ、妾のお高と別れると静かに近づいて行って声をかけた。

あとは、乞食の伊吉が見たとおりのことを実行して、伊右衛門を水死に見せかけて殺したのだった。

なぜ、伊右衛門と左久次を殺したのかは、滝下精三郎を斬殺した際、見られたと思ったからだった。伊右衛門を乗せた左久次の舟が引き返すのを見たのは、須山重蔵だった。

木之内新兵衛は伝次郎の手にかかってしまったが、あとの二人はどうしたのかと、伝次郎が訊ねれば、文蔵はすべてを白状させたあと腹を切らせた、と苦々しい顔でいった。

そんなことを思いだしながら表を眺めていた伝次郎が、ゆっくり障子を閉めると、階段に足音がして政五郎があがってきた。

「よお、待たせたな。いや、毎日足を棒にして歩きまわっているんでな」

政五郎はそういいながら、伝次郎の前にどっかりと座った。

「金の算段はどうなりました？」

「それか。なんとか番頭の忠兵衛が話をつけて、他の店から安い利子で借りることができた。まあ、それでも借金に変わりはねえんだが、これで少しは楽になった。で、なにかあったのかい」

政五郎は煙草入れから煙管を取りだして、伝次郎を見た。

「例の調べですが、何もかもわかりました」

「ほんとうかい」

政五郎は刻みをつかんだ手を止めた。

「政五郎さんだからいいますが、これは胸の内にたたみ込んでおいてください。決して他人にしゃべっちゃなりませんよ」

「わかった。それでなんだ……」

伝次郎はその日までの調べと、昨日の一件を余すところなく話した。その間、政五郎は煙草を吸うのも忘れて聞いていた。

「それじゃ、左久次はやっぱり殺されたのか……」

政五郎はすべてを聞き終わったあとで、むなしそうに首を振った。

「このことおかるには話さないほうがいいでしょう。哀しみも薄れているようだし、ほんとうのことを教えれば、また心を痛めさせることになります。殺されたと教えれば、恨みを残すことにもなります。そうなれば、生まれてくる子供にもよくありません」

「……そうだな」

政五郎は神妙な顔でうなずく。

「それと、松倉屋にも黙っているつもりです。こっちも殺されたというよりは、事故だったといったほうが店のためにも、残されたものたちにもいいはずです。知らなくていいことをあえて教えれば、また哀しみを深くするだけでなく、憎しみも生まれるはずです」

「おまえさんのいうとおりだ。そうしておこう。そのほうがいいだろう」

「それから、これを……」

伝次郎は脇に置いていた風呂敷包みを政五郎の前に押しやった。

「なんだい？」

政五郎が怪訝そうな目を向けてくる。

「使ってください」

いわれた政五郎は、風呂敷をほどいて驚きに目をみはった。

「雨宮の殿様から口止め料を受け取ったんです。おれには用のない金です。それに政五郎さんにはいろいろと世話になっているし、役に立つんでしたら遠慮なく使ってもらいてェんです」

政五郎は目の前にある三百両をずいぶん長く見つめていた。それからゆっくり顔をあげると、「伝次郎」と、かすれた声を漏らした。

「すまねえ。おめえにこんなことをしてもらうなんて、考えてもいなかった」

いうそばから政五郎の目に涙が盛りあがった。すぐに腕で目をしごいて、エヘンと空咳をして伝次郎を見る。

「ありがてえ、すまねえな。だが、伝次郎、これはおれが使うもんじゃねえぜ」

「………」

「半分はおかるにやるよ。あいつ、この店をやめて、実家に帰ることになった。その土産《みやげ》として持っていってもらおう。それでいいかい」

「……もちろんです。それじゃあとの半分は、滝下さんのご新造に……」

「それでいいんじゃねえか。おれは知らねえんで、おまえさんが渡せばいいだろう」

「政五郎さん」

「なんだい」

「あんた、ほんとにいい男だ。おれはあんたに会えてよかった。ほんとだぜ」

伝次郎は胸を熱くしていた。我知らず熱いものが目の縁に盛りあがった。

「何をいいやがる。おれも、おめえみたいな男に会えてよかったと思ってんだ。くそ、なんだい。妙なこといいやがって……」

政五郎は照れ笑いをして涙を誤魔化そうとしたが、間に合うものではなかった。

そして、二人は同時に両目を腕でしごいた。

「伝次郎……」

「はい」

伝次郎が涙を浮かべている政五郎を見ると、小さく微笑んだ。

「ありがとう。このとおり礼をいう」

政五郎が両手をついて頭を下げたので、伝次郎は慌てた。

「よしてください。政五郎さんらしくないじゃないですか。さあ……」

伝次郎が顔をあげた政五郎に微笑むと、政五郎も小さな笑みを返してきた。

そのとき没しようとする夕日が、ひときわあかるい光を放ったらしく、障子がぱあっとあかるくなった。

光文社文庫

文庫書下ろし／長編時代小説

別《わか》れの川《かわ》 剣《けん》客《きやく》船《せん》頭《どう》㈤

著者 稲《いな》葉《ば》 稔《みのる》

2016年5月20日 初版1刷発行

発行者 鈴木広和
印刷 慶昌堂印刷
製本 ナショナル製本

発行所 株式会社 光文社
〒112-8011 東京都文京区音羽1-16-6
電話 (03)5395-8149 編集部
8116 書籍販売部
8125 業務部

ISBN978-4-334-77294-9 Printed in Japan

組版 萩原印刷

お願い　光文社文庫をお読みになって、いかがでございましたか。「読後の感想」を編集部あてに、ぜひお送りください。

このほか光文社文庫では、どんな本をお読みになりましたか。これから、どういう本をご希望ですか。どの本も、誤植がないようつとめていますが、もしお気づきの点がございましたら、お教えください。ご職業、ご年齢などもお書きそえいただければ幸いです。当社の規定により本来の目的以外に使用せず、大切に扱わせていただきます。

光文社文庫編集部